DESVENTURAS DE ZÉ DOCA

DESVENTURAS DE ZÉ DOCA

VOLUME 1

JAIRO LIMA

LETRAMENTO

Copyright © 2020 by Editora Letramento
Copyright © 2020 by Jairo Lima

DIRETOR EDITORIAL | Gustavo Abreu
DIRETOR ADMINISTRATIVO | Júnior Gaudereto
DIRETOR FINANCEIRO | Cláudio Macedo
LOGÍSTICA | Vinícius Santiago
COMUNICAÇÃO E MARKETING | Giulia Staar
EDITORA | Laura Brand
ASSISTENTE EDITORIAL | Carolina Fonseca
DESIGNER EDITORIAL | Gustavo Zeferino e Luís Otávio Ferreira
ILUSTRAÇÃO CAPA | pikisuperstar.
Disponível em: freepik.com/free-vector/desert-landscape-with-dunes-cacti_5481320.htm
MONTAGEM CAPA | Sergio Ricardo
REVISÃO | LiteraturaBr Editorial
DIAGRAMAÇÃO | Renata Oliveira

Todos os direitos reservados.
Não é permitida a reprodução desta obra sem
aprovação do Grupo Editorial Letramento.

Dados Internacionais de Catalogação na Publicação (CIP) de acordo com ISBD

L732d   Lima, Jairo

        Desventuras de Zé Doca / Jairo Lima. - Belo Horizonte, MG : Letramento, 2020.
        182 p. ; 15,5cm x 22,5cm.

        ISBN: 978-65-86025-29-3

        1. Literatura brasileira. I. Título.

                                    CDD 869.8992
2020-1458   CDU 821.134.3(81)

Elaborado por Vagner Rodolfo da Silva - CRB-8/9410

Índice para catálogo sistemático:
1.   Literatura brasileira 869.8992
2.   Literatura brasileira 821.134.3(81)

Belo Horizonte - MG
Rua Magnólia, 1086
Bairro Caiçara
CEP 30770-020
Fone 31 3327-5771
contato@editoraletramento.com.br
editoraletramento.com.br
casadodireito.com

A Deus, por tudo.

A meus pais, José Francisco e Idalva,

meus irmãos, Jailson e Janielly,

meus tios e demais familiares,

por seus ensinamentos sempre precisos.

Ao Jurandir Júnior, por todo o incentivo.

Aos amigos e colegas de profissão, que, de algum modo,
contribuíram para que esta publicação fosse possível.

A Jacklynne, por cuidar tão bem de mim durante todo o processo.

Ao povo piauiense, fonte material inspiradora desta obra.

Exaltação ao Nordeste

Eita, Nordeste da peste,
Mesmo com toda sêca
Abandono e solidão,
Talvez pouca gente perceba
Que teu mapa aproximado
Tem forma de coração.
E se dizem que temos pobreza
E atribuem à natureza,
Contra isso, eu digo não.
Na verdade temos fartura
Do petróleo ao algodão.
Isso prova que temos riqueza
Embaixo e em cima do chão.
Procure por aí a fora"Cabra" que acorda antes da aurora
E da enxada lança mão.
Procure mulher com dez filhos
Que quando a palma não alimenta
Bebem leite de jumenta
E nenhum dá pra ladrão
Procure por aí a fora
Quem melhor que a gente canta,
Quem melhor que a gente dança
Xote, xaxado e baião.
Procure no mundo uma cidade
Com a beleza e a claridade
Do luar do meu sertão.

Luiz Gonzaga de Moura

PRÓLOGO

A algumas centenas de quilômetros de Teresina, capital do Estado do Piauí, havia uma cidade desconhecida até mesmo pelo mais preciso aparelho GPS existente. Uma cidade que jamais ousou aparecer em mapas. Na verdade só levou o título de cidade há menos de quarenta anos, em razão de interesses meramente políticos. Foi batizada com o nome de Aqui-Perto pelo seu fundador e primeiro prefeito da cidade, o senhor José Apolônio Bavariano que levou para o túmulo o verdadeiro motivo – se é que havia um – da escolha do nome da cidade. Há quem diga que foi por pura gozação mesmo e talvez tenham razão, já que toda vez que o velho pronunciava o nome da cidade em seus discursos em praça pública ele era subitamente atacado por uma crise de risos, o que lhe obrigava a beber um copo com água e açúcar para prosseguir. Outros dizem que o nome foi escolhido por mero acaso, ou coincidência mesmo. Há ainda os que preferem embriagar-se em um boteco qualquer na companhia de prostitutas de baixíssimo nível a dizer qualquer coisa sobre o assunto.

Em verdade, o nome da cidade só não é tão curioso quanto os próprios indivíduos que a habitam.

Em sua maioria eram pessoas simples, de origem humilde, ou, por vezes, desconhecida, que migraram em busca de melhores condições de vida. Os mais rústicos chegavam a pôr em cheque as teorias darwinianas sobre a evolução. Não se sabe dizer se são pessoas hospitaleiras ou acolhedoras, já que a cidade não recebe turistas em proporção suficiente para que se possa precisar algo a respeito. Conta-se que certa vez uma equipe de televisão visitou a cidade para gravar um documentário sobre a região. Ao desembarcarem, uma multidão de curiosos se aglomerou. O fotógrafo aproveitou para registrar o momento e ao posicionar a câmera de modo que captasse a todos, a multidão, pavorosamente dispersou-se em milésimos de segundo, intrigadas com aquele maquinário. Os mais valentes, no entanto, lançaram-se em cima do objeto, atacando-o violentamente. A equipe evadiu-se do local. O objeto, até pouco tempo atrás ficava exposto na praça central, como demonstração de honra e coragem dos bravos heróis. Este fato não é importante para nossa história.

Justiça seja feita, os cidadãos aquipertenses possuem uma sabedoria empírica excepcional e uma criatividade peculiar dos que dispõem de muito tempo ocioso, desenvolveram um sistema de comunicação absurdamente eficiente, prático e totalmente gratuito. Cansados de terem que caminhar, por vezes, léguas, em busca de simples informações, alguns moradores locais mais audaciosos passaram a se dedicar ao adestramento de urubus, uma versão adaptada dos antigos pombos-correios, vez que não existiam pombos na região, tampouco agência dos correios.

No início houve muita resistência, principalmente pelo fato de que muito dos nativos preferiam se alimentar destas aves a ter que adestrá-las. Aos poucos o sistema deslanchou e ainda hoje se mantém como o principal meio de comunicação local. Este fato também não é importante para nossa história.

O certo é que nessa cidade pitoresca e nada convencional, habitada por pessoas pitorescas e nada convencionais, nossa trama será narrada de um modo bastante peculiar e, por vezes, simplório. Uma crítica singela aos costumes e aos valores sociais, culturais e humanísticos insculpidos em uma sociedade hipócrita, alienada e gananciosa. Entre conflito de interesses, romances, e situações nada convencionais, Aqui-Perto acaba por se revelar o retrato falado de muitas cidades piauienses e tantas outras mais espalhadas Brasil afora, uma vez que descreve com precisão a história sofrida do perspicaz sertanejo, marginalizado, preso a amarras de grupos políticos e muitas outras moldagens de um tempo não tão distante.

Contudo, esta não é a história desta cidade.

Esta história é sobre um de seus habitantes menos honrado, menos ilustre, sem qualquer importância e que, a não ser para os institutos de recenseamento demográficos, passaria facilmente despercebido em qualquer lugar.

Até aquele dia...

Aos desavisados, preparem o estômago. Aos demais, sugerimos que façam o mesmo. As próximas páginas podem ocasionar sérios transtornos mentais, além de danos irreversíveis à massa encefálica.

Esta não é uma história real...

Ou talvez seja...

CAPÍTULO 1

No geral Aqui-Perto é uma cidade tranquila, pacata, de clima quente e úmido, de ar campestre e terras férteis, sobrevoadas por poucos pardais que ainda se atreviam a desafiar o sol. Uma cidade extremamente pequena, cujas estreitas dimensões poderiam ser facilmente escondidas pelas asas de uma andorinha a voar.

De costumes arcaicos, a cidade evolui a passos lentos. Aqui ainda é prática reiterada as mulheres, ao casarem-se, disporem de seus dotes aos maridos. Outro fato curioso em Aqui-Perto diz respeito a algumas datas comemorativas que são celebradas em desacordo com o calendário nacional. Assim, o carnaval, por exemplo, é comemorado no final do ano; as festas juninas acontecem no mês de agosto; o natal depois do ano novo, dentre outras coisas.

A cidade apresenta-se quase sempre muito tranquila e serena, exceto aos domingos. É em dias como esse que, curiosamente, o comércio prospera. Multidões se aglomeram nas portas das poucas lojas da cidade em busca dos melhores preços. Nada de anormal para um domingo na cidade. Ao contrário de todos os outros lugares, onde se costuma trabalhar durante toda a semana e descansar aos domingos, aqui acontece exatamente o inverso, com algumas raras exceções, por óbvio.

As ruas e vielas tomam corpo. Os populares transitam quase que aleatoriamente de um lado ao outro da Avenida central procurando os produtos de que necessitam. Ao lado da avenida, na praça principal, que é na verdade a única da cidade, os cidadãos aquipertenses conversam, caminham, sentam e leem jornais. Entre essas pessoas que conversam, caminham, sentam e leem jornais encontra-se o Excelentíssimo, estupendíssimo, etceteras 'íssimos', Sr. Arnaldo Antunes Bavariano.

O Senhor. Antunes, como gosta de ser chamado, é um homem de estatura mediana e corpo volumoso, porém rígido. O seu rosto de homem sofrido e seus poucos cabelos brancos que ainda resistiam ao tempo não escondem as suas mais de cinco décadas de vida. Mas de sofrido o velho só tem mesmo a aparência. Homem de boa família, nasceu em berço de ouro. Os primeiros doze anos de sua vida morou na capital do estado onde colou grau numa escola particular cujo proprietário era seu próprio pai, o Sr. José Apolônio Bavariano que nessa época, dentre outras coisas, vivia de fazer empréstimos a juros altíssimos.

Financiava a campanha de muitos políticos da região. Chegava a emprestar dinheiro até pro próprio Governador do Estado.

Os Bavarianos tinham muito apego pelo campo e costumavam passar os finais de semana numa de suas fazendas que ficavam às margens de Teresina. O jovem Antunes adorava brincar na areia da beira do rio enquanto seu pai tentava, quase sempre frustradamente, fisgar algum peixe. Adorava jogar bola com os filhos dos criados da fazenda que eram obrigados a passar-lhe a bola e deixá-lo fazer todos os gols. Adorava também quando sua mãe o balançava na rede enquanto lhe contava uma boa história sobre as grandes conquistas dos Bavarianos ascendentes. Como não havia muitos grandes feitos para serem narrados, as histórias eram repetidas frequentemente, de modo que o garoto já sabia todas elas de cor. O sr. José Apolônio também adorava o campo. Adorava-o na mesma medida em que odiava a cidade. Ele sempre achou que a cidade grande não era lugar para ele. E de fato não era mesmo. Seu Apolônio achava tudo na cidade muito complicado. As invenções que facilitaram a vida na cidade grande como elevador, telefone e sinal de trânsito sempre lhe deixavam intrigado. Certa vez, ao tentar entrar em uma loja de conveniências ele ficou, durante cerca de trinta minutos, preso na porta giratória até que um dos funcionários da loja, depois de quase fazer xixi nas calças de tanto rir, resolveu ajudá-lo.

E assim seguia a vida dos Bavarianos, da cidade pro campo, do campo pra cidade, até que certo dia o Sr. Apolônio recebeu como pagamento de um empréstimo que tinha feito a um político da capital, incontáveis hectares de terra. Estas terras ficavam há pouco mais de trezentos quilômetros de Teresina. A Primeira vez que ele viu aquelas terras se apaixonou. Se encantou com o clima, com os campos verdes, com o rio, com a diversidade de pássaros e tudo mais e viu ali uma possibilidade concreta de tornar-se ainda mais rico e, consequentemente, mais feliz. E como a ambição está no sangue dos Bavarianos não deu outra. Seu Apolônio pegou sua família, seus criados, seus capangas e seus bens, abandonou a mansão da capital e mudou-se para estas terras. Não foi uma missão das mais simples, mas com um pouco de esforço de todos os envolvidos – e algumas promessas de regalias – a projeção era otimista.

Logo ao chegar, , resolveu-se por fazer um loteamento de dez mil terrenos com uma parte de suas terras e os cedeu gratuitamente a quem

DESVENTURAS DE ZÉ DOCA

chegasse primeiro. Mas o que parecia ser um ato altruísta era na verdade um feito de interesse friamente calculado. Passados cinco anos todos os lotes estavam habitados e o Sr. Apolônio com a ajuda de alguns políticos influentes emancipou aquelas terras e elegeu-se o primeiro prefeito da agora cidade de Aqui-Perto. Permaneceu prefeito por mais dois mandatos antes de passar o título para seu irmão, o Sr. Eleosmar Bavariano. Em toda a história de Aqui-perto só houve um prefeito opositor à família dos Bavarianos e este renunciou ao mandato e fugiu da cidade ainda no dia da posse. Havia suspeitas de que teria sido ameaçado e torturados por alguns homens que utilizaram como ferramentas de convencimento objetos nada convencionais como um estilingue, uma pinça e uma prótese de borracha baseada no pênis de um famoso ator pornô nacional. Nunca mais ninguém teve notícias dele.

Os Bavarianos em geral tinham o dom da política. Apresentavam uma qualidade indispensável para a área: sabiam mentir muito bem. O Sr. Antunes foi o único Bavariano que não se envolveu na política. Não tinha jeito pra coisa. Era um homem muito rude, ignorante, preconceituoso, não conseguiria conquistar a simpatia dos eleitores. Preferiu o ramo da agiotagem mesmo e nisso ele sempre foi muito bom.

Quase metade de todos os pais de família aquipertenses já recorreram ao Sr. Antunes em algum momento de desespero. Ninguém nunca ousou deixar de pagá-lo. Ninguém sequer ousou atrasar uma prestação. Todos o temiam, e com razão. Contam que certa vez o velho ordenou aos seus capangas que amarrassem um idoso no tronco de uma árvore e o jogassem no leito do rio só porque havia sonhado que o pobre senhor não lhe pagaria uma dívida. O pobre velho foi encontrado morto três dias depois dentro da barriga de uma baleia que tinha encalhado na praia de Copacabana no Rio de Janeiro.

Ali, naquela extravagante manhã de domingo, o Sr. Arnaldo Antunes Bavariano, que não era nem prefeito, nem delegado da cidade, mas era muito mais respeitado e temido que ambos pareciam muito inquieto. Andava de um lado ao outro da movimentada praça da cidade sempre olhando para seu relógio de ouro perfeitamente arranjado no seu pulso esquerdo. Não parava de movimentar-se de um lado ao outro forçando cada vez mais a sua bengala de madeira com acabamento de couro de onça, como se fosse quebrá-la. Seu Antunes tira o chapéu – e isso acredite é muito raro –, coça a cabeça, apruma o bigode, senta no banco, bate com o pé por três vezes seguidas no chão e olha novamente para o relógio. Os ponteiros marcam exatas dez horas.

– Finalmente – exclamou ele, com o mesmo ar de felicidade de uma criança quando recebe um pirulito como prêmio por ter feito o dever de casa.

Aquele júbilo que se instalara no velho instantaneamente devia-se ao fato de ter chegado o momento oportuno de exigir o cumprimento de uma quantia que lhe era devida. Se há uma coisa nesse mundo que ele gosta mesmo de fazer é cobrar um débito. Em dias como este ele sempre acorda mais cedo, toma um longo banho, entra em jejum, acende uma vela para Santo Expedito, chama dois de seus capangas e exatamente na hora combinada vai atrás do devedor sempre na certeza de que irá receber seu pagamento, seja o que for, e o mais importante, seja como for.

O relógio acusou dez horas. O velho se preparou, dobrou as mangas da camisa, ajustou levemente o cinturão apertando um pouco a fivela de ouro que reluzia contra o sol, e seguiu em direção à charrete estacionada na lateral da praça. Seus capangas o acompanharam sentando um a sua esquerda e o outro ao seu lado direito. Um deles estendeu a mão dando sinal ao charreteiro, e seguiram viagem...

CAPÍTULO 2

Os dois capangas que – sempre armados é claro – acompanham-no, são seus homens de confiança. Sempre que o velho vai resolver alguma coisa eles estão presentes. São leais ao Sr. Antunes há quase vinte anos. A confiança é tanta que frequentemente manda-os à capital com uma quantia impronunciável de dinheiro para depositar em uma de suas contas – é importante grifar aqui que ele não confia seu dinheiro nem mesmo a sua própria mãe que ele tanto estima.

Sentado ao lado direito do Sr. Antunes encontra-se Petrônio, ao seu lado esquerdo, Potrinio.

Petrônio e Potrinio são irmãos. Dizem serem gêmeos, mas a verdade é que não se parecem nem um pouco.

Petrônio é um pouco mais alto mais forte e mais bronzeado que seu irmão e afirma veemente ser mais bonito também. Possui uma cicatriz que vai das costas até a altura do pescoço que ganhou ainda criança ao cair de um tamarindeiro, arvore muito comum em Aqui-Perto. Uma característica bastante peculiar do Petrônio é o fato de ele está sempre piscando o olho esquerdo como uma espécie de sestro. O mais curioso é que tudo é perfeitamente sincronizado como os passos de um tango. O seu olho esquerdo costuma piscar numa razão de quatro para uma em relação ao seu olho direito.

Potrinio por sua vez, um pouco mais baixo e franzino que Petrônio, não possui nenhuma cicatriz no corpo e nem o tique nervoso do irmão. Seu único defeito – além é claro do seu ridículo bigode de Charles Chaplin – é ser gago. A gagueira de Potrinio não é daquelas comuns quase imperceptíveis, mas sim daquelas brabas mesmo que chega a irritar profundamente quem tenta alguma espécie de diálogo. Quando está muito ansioso para dizer algo de muito importante, de tanto esforço que faz pra falar, geralmente costuma borra as calças, o que obrigou o Sr. Antunes a tomar medidas drásticas: comprou fraldas para ele usar.

Potrinio não nasceu gago, ficou gago. Isso aos vinte anos de idade numa noite de quarta – feira na fazenda dos Bavarianos quando ele se preparava para tomar seu banho semanal. O banheiro estava muito escuro. Acendeu então uma vela e a colocou vagarosamente no canto esquerdo da porta. Despiu-se e levantou o pé em direção à banheira e foi aí que de repente, num movimento brusco, uma rã inexplicavelmente emergiu da água e num ataque impiedoso agarrou-se ao pênis do pobre rapaz. Nenhum médico até hoje conseguiu explicar como esse fato incrivelmente esdrúxulo resultou na gagueira de Potrinio. O fato é que desde esta data ele não pode sequer ver uma rã, um sapo ou qualquer outro do gênero que é tomado por um súbito ataque de pânico.

Petrônio e Potrinio são definitivamente diferentes. A única coisa que os fazem parecidos é o fato de se vestirem impecavelmente iguais. A mesma camisa, a mesma calça. A mesma cor de camisa, a mesma cor de calça. Os mesmos sapatos e meias, os mesmos chapeis e tudo o mais. Essa isonomia de vestimentas já proporcionou algumas situações bem cômicas como, por exemplo, o dia em que Potrinio levou uma surra de cabo de vassoura da namorada de seu irmão que o confundiu com seu amado. Por conta disso passou dois meses internado num hospital da capital com o corpo totalmente engessado.

Os irmãos pseudogêmeos chegaram ainda muito jovens em Aqui-Perto. Vieram carregados por seu pai. A mãe deles acabara de falecer e de tanta dor que seu pai sentia abandonou a cidade e tudo que tinha. Chegaram a mendigar nas ruas de Aqui-Perto até que certo dia o Sr. Antunes os tirou das ruas e abrigou-lhes na sua fazenda. Claudiomar, o pai dos meninos, trabalhou como caseiro na fazenda do velho por longos dez anos antes de falecer. O médico da fazenda disse ter sido vítima de ataque cardíaco.

Com a morte do velho, o Sr. Antunes se aproximou ainda mais dos meninos e desde então lhes tem como seus homens de confiança.

Os irmãos estimam muito o velho Antunes. Gostam de fazer trabalhos para ele, assim se sentem muito úteis. E naquele momento, sentado no banco da charrete ao lado do Sr. Antunes aquela sensação de utilidade lhes dominava, e isso era tudo que importava pra eles, embora às vezes se queixassem do salário.

Dois quarteirões após a praça, Petrônio faz um sinal com a mão para o charreteiro que entende perfeitamente e faz o cavalo virar à direita. A charrete percorre agora uma rua estreita, cheia de casas antigas e muitas poças d'água no chão asqueroso. Algumas esquinas depois, Petrônio fez outro sinal e a charrete para. Os irmãos descem e, logo em seguida o Sr. Antunes.

— É aqui mesmo? – Resmungou Seu Antunes em um tom grosseiro, mas muito feliz por dentro.

— S- Si- Sim Se- Senhor! — Respondeu Potrinio com muito esforço.

Seu Antunes analisou a casa minuciosamente. Era uma casa excessivamente humilde, arranjada sobre um terreno arenoso que findava na boca da estrada de um jeito nada convencional. Poucos metros à frente era possível visualizar o lixão municipal, onde se amontoava, diariamente, todas as espécies indesejáveis possíveis, o que explicava o forte odor que envolvia o ambiente. Ao fundo havia algumas colinas, onde poucas catingueiras perseveravam. Definitivamente aquele não era um bairro residencial. À exceção daquela, não havia outras casas em um raio de cem metros.

A casa solitária, que resistia bravamente a ação do tempo, tinha as paredes feitas de barro, sem nenhum revestimento. O telhado de palha era claramente incapaz de conter as chuvas, se porventura chovesse naquela região. O simples miado de um gato podia pôr a miserável estrutura abaixo a qualquer momento, mas, para a sorte daquela pobre casa e das almas miseráveis que a habitavam, não havia gatos naquela região.

O velho ergueu a mão e bateu duas vezes na porta. Ninguém abriu.

Bateu novamente.

Novamente ninguém abriu.

Petrônio posicionou-se para derrubar a porta. Dada a precariedade da estrutura daquela residência, ele não precisaria de muito esforço para isso. Foi então que se ouviu um estalo, e a porta se abriu. Por trás da porta surgiu vagarosamente o semblante de um rapaz que parecia desacordado. Seus cabelos crespos estavam arrepiados, os olhos cheios de remelas, o resto de pano que parecia ser uma camisa estava completamente desabotoado e as calças meio tortas. Ergueu a cabeça e tomou um susto que arrepiou mais ainda os seus cabelos.

— Sô-Sô Antu-tunes? — Gaguejou ele, apesar de não ser gago.

— Em carne e osso!

— Preferia que fosse só em osso — sussurrou, de modo que ninguém escutasse. — E a que devo a honra da visita? — prosseguiu ele.

— Honra ocê num me deve, até porque nem tem. Tu me deve é dinheiro cabra. Vim receber meu dinheiro, conforme o arranjado — disse Seu Antunes com convicção.

— Seu di-di di-nheiro? — indagou o rapaz, com a mão direita entre os cabelos, bagunçando-os ainda mais.

— Ora Zé Doca, deixe de inrolação homi! — brandiu Seu Antunes com um ar meio feroz — Não se faça de desentendido.

– Ah! Sim. O dinheiro... – falou vagarosamente o rapaz.

– Isso mesmo! Deixe de prosa e me entregue logo, não tenho tempo a perder com ocê não – disse Seu Antunes com um ar mais feroz ainda.

– Sabe o que é... – titubeou Zé Doca.

Seu Antunes fixou os olhos em Zé doca e mexeu levemente na gola da camisa. Seus capangas fizeram o mesmo.

– É que... – falou, dando um pequeno passo para fora e abrindo um sorriso tímido. – É que... é mó de que aconteceu um imprevisto sabe? – disse ele pondo a mão cautelosamente sobre o ombro do homem.

– Imprevisto? – brandiu o velho com um ar terrivelmente zangado, retirando a mão do jovem, que estava sobre seu ombro. – Ora, rapaz! Do que você está falando?

– Sabe o que é sinhozinho? – disse o rapaz, vagarosamente, como se estivesse procurando as palavras.

– Diga logo rapaz, sem rodeios.

– É que... – disse, caminhando cabisbaixo ao redor do velho.

Seu Antunes deixou escapar um grunhido demonstrando que não estava nem um pouco feliz com aquilo.

– É que eu tava com o dinheiro aqui certinho pra pagar vossa senhoria, sabe? – disse – Mas, aí aconteceu uma coisa terrível, pra lá de esquisita, o sinhô não vai nem acreditar.

O velho deixou escapar outro grunhido, desta vez mais estridente.

– É que onti eu fui no banco tirar o dinheiro pra pagar o sinhô, mas aí, quando eu tava voltando pra casa, – falou o jovem, com a mão esquerda aparando cuidadosamente o suor da testa – apareceu quatro cangaceiros armados cada um com uma bate-bucha. Um deles gritou "Passa tudo! Passa tudo!", enquanto os outros iam recolhendo as coisas do povo que tava lá. Daí com pouca levaram meu dinheiro. Eu não pude fazer nada, sô. Eles levaram foi tudo, até minha roupa Sô, acredita? – continuou quase chorando.

– Oxi! Cangaçeiro? – interrogou o velho.

– Sim Sinhozinho! Eu por mim tinha reagido e matado os quatro ali mermo, sabe como é cabra homi, né? Mas disseram que era melhor deixar eles irem...

Seu Antunes então se virou e encarou Zé Doca que neste momento se encontrava atrás dele. Os capangas também se viraram e fizeram a mesma cara de furioso do seu chefe.

DESVENTURAS DE ZÉ DOCA

— Mas oxênti! Diga cá. E desde quando tu tem conta em banco, cabra safado?

— Eu fiz uma semana passada. Pra me prevenir sabe?

— Hum… curioso é que eu nunca mais tive notícia de cangaceiro por essas bandas…

— Pois é! Eu também num acreditei não. Só depois que eles me mostraram a identidade e algumas fotos das últimas cidades que saquearam é que acreditei. Quase num entendi o que eles falava, parecia que eram daquelas bandas do Lampião pra lá sinhõzinho. É um povo chei de sotaque, armaria — disse Zé Doca, caminhando novamente ao redor de Seu Antunes.

— E como era o rosto dos peão? Diga ai que meus homi segue o rastro deles agora.

— O pior que nem deu pra ver, já era muito tarde, estava muito escuro. Sabe como é. Aqui demora a anoitecer, mas quando anoitece fica só o truvo e umas estrela pingando no céu.

Aquela prosa toda de Zé Doca deixou o velho com a péssima sensação de que aquilo tudo era uma grande farsa, numa tentativa desesperada de enganá-lo e como não lhe agrada nem um pouco esta sensação enfureceu-se ainda mais a ponto de pressionar o peito de Zé Doca contra a parede com a ponta de sua bengala.

— Oxênti cabra, mas o banco num abre a noite não. Tu tá querendo me enrolar? — perguntou Seu Antunes.

— Não Sinhozinho. Como posso eu querer subestimar a inteligência de vossa excelência? Mas que pensamento o seu…

— Pois tu vai morrer é agora pra servir de lição pra mintiroso, cabra safado!

— Pelo amor de Deus Seu Antunes. Ju-juro que é verda-dade.

Os capangas seguraram o infortunado rapaz, um em cada braço magricela, e o fizeram ajoelhar de frente ao velho. Seu Antunes então puxou um revolver que tinha escondido na cintura, certificou-se que tinha munição e a apontou para o jovem.

— Sô Antunes, o senhor pode ficar com a casa. — disse com a voz trêmula.

— E um barraco desses lá vale nada. Que diabo eu quero com essa espelunca, cabra safado? Tá pensando que eu sô banco pra hipotecar imóvel, rapaz? Eu resolvo é do jeito antigo.

— Tenha piedade de mim sinhô. Num posso morrer. Minha vozinha precisa de mim — disse Zé Doca desesperado.

– Ninguém engana um Bavariano. Vai pagar com a vida pela graça que fez cabra safado.

Seu Antunes afastou-se um pouco e posicionou o dedo sobre o gatilho do revólver que trazia consigo. Zé Doca baixou a cabeça e orou sutilmente. Petrônio e Potrinio, ainda imobilizando o rapaz, fecharam os olhos.

Fez-se um silêncio.

Zé Doca tornou a rezar. De repente, ouviu-se um barulho forte. De repente ouviu-se outro barulho forte, e mais outro e mais outro.

Meu Deus! Será que Zé Doca foi mesmo morto? Seria esse o fim deste pobre infeliz?

Não!

Os barulhos foram causados pelos passos de um cavalo que aproximava-se a toda velocidade da casa de Zé Doca. O animal parou bruscamente em frente à casa e um homem saltou das suas costas. Seu Antunes levou um susto. Os irmãos também. Zé doca, que ainda estava rezando, tomou um susto maior ainda ao perceber que ainda estava vivo.

Era mais um dos capangas de Seu Antunes. Estava ofegante. Parecia muito cansado como se ao invés do cavalo ter-lhe levado até ali, ele tivesse levado o cavalo.

O homem respirou um pouco, olhou para o velho, tirou o chapéu e fez uma reverência.

– Perdoe-me interromper Senhor Antunes – disse

O velho encarou o homem, ainda com a arma apontada para Zé Doca.

– Ora essa! Que diachos você quer por aqui rapaz? Num te disse pra não sair da fazenda hein? – disse irritado.

– Perdoe-me mais uma vez chefe, mas é que aconteceu uma coisa que o senhor precisa saber.

– Pois diga logo que ainda tenho que matar este cabra aqui hoje – disse apontando com rosto para Zé Doca.

– É que… Sua Filha acabou de chegar de viagem e…

– Minha filha? – interrompeu – Mas como assim Sô? Sem Avisar? Valha-me nossa Senhora…

Seu Antunes neste momento estava tão feliz e preocupado com a notícia da chegada da garota que sequer lembrava de sua pretensão em dar cabo a vida do infeliz Zé Doca.

A filha do Sr. Antunes é uma jovem de vinte e um anos que mora na capital do Estado. Ela costuma passar férias em Aqui-Perto na fazenda da família, pois ela, assim como o pai, é muito apegada à natureza.

Apesar de ter sido criada nos grandes centros urbanos, a moça adorava cavalos. Herdou este gosto do seu pai, que sempre foi excelente montador. O velho nunca perdeu uma corrida sequer. A moça por sua vez preferia explorar a delicadeza e a sensibilidade deles praticando o esporte conhecido como hipismo. Treinar equitação lhe deixava satisfeita, além de preencher grande parte do seu monótono tempo, enquanto esperava pelo final das férias. Para isso, contava com o auxílio de um professor particular, um velho contratado da família, a quem Maria Clara muito admirava.

– Ordene imediatamente aos criados que chamem o Seu Fagundes. Diga a eles também que cuidem dos cavalo, eles estão muito cambito e ela do jeito que conheço vai querer ver os bixo logo – falou Seu Antunes em tom imperativo.

– Pois é Sô Antunes, mas aí que tá outro problema... – disse o capanga.

– Outro Problema? Qual?

– É que o Seu Fagundes morreu. Foi agora a pouco.

– Mas tá com o diacho Sô! Num tinha outro dia pra ele morrer não? Só pode ser maldição da égua preta.

A égua preta era um animal da fazenda dos Bavarianos no qual acreditavam ser uma reencarnação do capeta, pois quem a via, inexplicavelmente, teria um longo e azarento dia.

– E agora quem vai dar aulas de 'achismo' a minha filha?

– Hipismo, Sinhô.

– Que seja...

Evidentemente a pergunta do velho não esperava por uma resposta. Porém, querendo ou não uma resposta, o fato é que encontrou.

– Com licença Sinhô, eu tenho experiência com hipismo. Posso dar aulas a sua filha se o senhor me permitir – disse Zé Doca meio tímido, mas sem perder tempo.

– Do que é que você tá falando moleque marrento? Não brinque com coisa séria que eu lhe estouro os miolos e jogo pras galinhas comerem e é logo – disse, voltando a apontar a arma para o rapaz.

– Calma! Calma Sô Antunes! Juro pro senhor que tô falando a verdade – prosseguiu Zé Doca. – Nunca fui de me exibir muito sabe, mas já fui chamado pra dar aula até na capital. Dinheiro bom. Mas acabei ficando aqui mermo. O Senhor sabe né? Sou muito apegado a minha terrinha...

— É verdade mesmo isso rapaz?

— Juro pela minha vozinha – disse o jovem com convicção.

Seu Antunes então ficou calado por alguns segundos. Passou a mão pela cabeça. Aprumou a bengala e fixou os olhos no jovem.

— Então amanhã antes do galo cantar quero você na minha fazenda! Sem falta. Se você não for eu mando meus homens queimarem seu barraco com você e sua avó dentro entendeu cabra?

— Perfeitamente! – disse Zé Doca confiante, com um ar de felicidade inocultável no rosto.

Seu Antunes então entrou na charrete. Os irmãos também. O outro capanga subiu no cavalo, e todos partiram.

E esta foi a primeira vez que, mesmo sem saber, a bela e doce Maria Clara salvou a vida do desafortunado Zé Doca.

CAPÍTULO 3

Manoel Alberôncio Leomar Miranda Clementino Furtado Oliveira da Silva Pereira, o vulgo Zé Doca, é um ariano de vinte e quatro anos. Seu extenso e nada criativo nome foi dado por seu Pai em homenagem a alguns de seus irmãos – a homenagem só foi prestada aos irmãos que ele mais tinha apreço, já que ao todo eram trinta e dois. Sabe como é né? Não tinha televisão... Nada pra fazer...

Zé Doca é filho de um casal de lavradores naturais da cidade de Logo-em-Seguida, que fica quilômetros depois de Aqui-Perto, bem próxima do município de Daqui-Não-Passa. Alguns cientistas e especialistas em Anatomia, depois de longos anos de pesquisa, concluíram em unanimidade que Daqui-Não-Passa é realmente o c... do mundo.

Em meados da década de setenta, o ainda casal de enamorados Jucélio Amaral da Silva e Filopência Pereira, atraídos pela proposta de terras distribuídas gratuitamente pelos Bavarianos, migraram para Aqui-Perto.

Ao chegar, Jucélio e Filopência logo casaram-se. Na época ele tinha vinte e seis anos, e ela treze. Pouco tempo depois, com a ajuda de amigos, construíram uma casa, aonde posteriormente a mãe de Jucélio veio morar com o casal. Dois anos depois Zé Doca, literalmente, veio ao mundo.

Quando Zé Doca nasceu ninguém o esperava. Na verdade ninguém desconfiava sequer que Filopência estivesse grávida. Nem ela mesma sabia. Um fato curioso é que durante toda a gestação a sua barriga não aumentou um centímetro sequer. E foi num domingo pela manhã, quando retornava da beira rio para sua casa com uma lata d'água na cabeça que Zé Doca nasceu. Não houve parto. O bebê simplesmente despencou do seu corpo e rolou chão abaixo. A princípio ela não percebeu nada. Quando foi se dá conta já tinha arrastado o menino por pelo menos dez metros. Filopência olhou para o chão e viu aquela coisa esquizofrênica; levou um susto, não se deu conta que era uma criança até que viu o cordão umbilical que os ligava e foi tomada por uma súbita emoção. Rapidamente jogou a lata d'água no chão, pegou o menino e correu para avisar ao marido. Jucélio ficou muito intrigado com o fato, e mais ainda com aquela criatura esquizofrênica.

O menino era muito franzino. A cabeça era desproporcional ao corpo, as orelhas eram mínimas, o nariz mais parecia o focinho de um rato, e os olhos eram tão pequenos que pareciam estarem fechados. Um médico foi chamado, tirou suas medidas. Depois o médico deu-lhe umas palmadas leve na bunda a fim de fazê-lo chorar, mas não foi ouvido nada. Repetiu as palmadas e nada. Então virou o menino e olhou fixamente o seu rosto. A expressão facial da criança era a mesma de qualquer pessoa que estivesse chorando, mas não era possível ouvir um ruído que confirmasse o fato. O doutor encostou levemente sua orelha a boca do menino e percebeu alguns sons desconsertados. Ufa! Que alivio! O menino não era mudo, apenas não tinha força suficiente para chorar em bom tom.

O casal agora tinha um filho.

No começo ele não ficou muito feliz com isso. "É mais uma boca pra sustentar!" dizia ele, mas com o tempo passou a gostar do garoto. Como seus pais trabalhavam o dia inteiro na roça, Dona Rita, avó do garoto, eram quem cuidava dele. Nunca foi amamentado, vivia a base de mingau de farinha. Dona Rita achava muito complicado o nome do garoto, toda hora lhe arranjava um diferente. Resolveu então dar-lhe um nome mais simples, mais fácil de falar.

Escolheu a alcunha Zé Doca ao folhear algumas páginas do livro 100 Lugares que você NÃO deve visitar quando estiver no Maranhão.

Aos sete anos, o menino deu seus primeiros passos. A maior dificuldade era conseguir equilibrar as pernas finas que pareciam dois alfinetes. De repente, o menino tranquilo e sereno transformou-se numa criatura impulsiva. Andava pela casa derrubando tudo que encontrava. A velha coitada; passava o dia tentando arrumar a bagunça do menino, em vão é claro. Um ano depois o menino pronunciou suas primeiras palavras. Foi um dia muito emocionante para toda a família. Era uma noite de sábado…

– Vamos filho, repita comigo: Papai! – disse Jucélio sentado na sala.

O menino nem abria a boca.

– Papai, diga: Pa-pa-i! – insistiu Jucélio.

O menino continuava sem dizer nada.

– É fácil vamos, é só dizer Papai ó: Pa-pa-i – falou Jucélio já perdendo a paciência.

O menino não dizia nada. Nem parecia estar ali.

Jucélio então suspendeu o menino à altura dos seus olhos e proclamou:

– Vamos menino burro, diga Papai!

O menino então o encarou por um instante e depois soletrou bem alto:

– Me sol-ta, ba-i-to-la!

DESVENTURAS DE ZÉ DOCA

No mesmo ano que aprendeu a falar, Zé Doca foi matriculado numa escolinha do município. O menino era um peste. Estava sempre metido em confusões. Quase que diariamente seus pais recebiam uma reclamação formal da diretora intimando-os a comparecer na escola. A maioria das confusões nas quais Zé Doca se metia diziam respeito a algum apelido que lhe era dado por seus colegas de classe. O que mais o irritava, e o mais frequentemente utilizado pelos seus amigos, era "cabeça de melancia". Apesar de tudo Zé Doca adorava a escola. Adorava ler, escrever, brincar com os amigos. Era muito feliz ali. E sentiu muita falta daquilo tudo quando fora forçado a largar os estudos ainda na segunda série para trabalhar. Isso devido à morte de seus pais. Jucélio e Filopência foram cruelmente assassinados numa plantação de cana na qual trabalhavam. Os corpos foram encontrados totalmente dilacerados. As genitálias de ambos foram encontradas em uma panela próxima ao local e, ao julgar pelo vidro de óleo vegetal, um pequeno tubo de sal, carvão e um isqueiro que foram encontrados no local, pareceu ser obra de algum grupo canibal voluptuoso. O crime permanece um mistério até hoje. O órfão ficou deveras abalado. Dona Rita mais ainda. O rapaz teve então que se virar para sustentar-se e cuidar da velha.

Curiosamente, mesmo que beirasse a imbecilidade em qualquer teste de Q. I respeitável que porventura lhe fosse posto, Zé Doca era muito astucioso e sempre encontrava uma maneira de saciar a fome, ainda que em considerável atraso. À noite, quando não estava trabalhando, gostava de frequentar a praça da cidade onde costumava cogitar sobre a vida, o universo e tudo mais. Foi nessa época que ele teve seu primeiro relacionamento amoroso. Relacionamento este que durou exatamente duas horas. Isso mesmo. Duas horas. Foi esse o tempo Zé Doca levou até descobrir que a moça na verdade era uma prostituta que trabalhava no cabaré da cidade. Quando ele então se recusou a pagar pelo tempo gasto, a meretriz abandou-lhe por um idoso que passava pela praça com sorriso largo por ter acabado de receber seu contracheque do mês.

O rapaz ficou muito abalado. Tentou suicidar-se por duas vezes, mas devido aos meios utilizados não obteve êxito. Na primeira tentou enforcar-se amarrando um pedaço de corda podre numa arvore. A corda partiu-se tão quanto o galho da arvore. Na segunda vez, já visivelmente desesperado, jogou-se na frente de uma bicicleta em movimento. O fato em si só lhe gerou alguns pequenos arranhões, porem o proprietário do referido veículo ficou tão indignado com a atitude esdrúxula do indivíduo que lhe deu uma bela surra com um cinturão de couro de jacaré, o que lhe rendeu diversas cicatrizes e uma duradoura passagem pelo hospital local.

A essa altura Zé Doca já se considerava o ser vivo mais azarada do mundo. E talvez fosse mesmo, pois naquele mesmo dia em que passou a se consideram o ser vivo mais azarado do mundo e graças a uma série de eventos bizarros que até hoje não foram devidamente esclarecidos, o jovem fora preso acusado de atropelar uma idosa que atravessava a rua, e só foi posto em liberdade após meses de investigações, quando descobriram que na verdade o jovem não sabia dirigir, não tinha carro, não conhecia ninguém que tinha e não teria capacidade mental suficiente para planejar o roubo de um.

Zé Doca passou muito tempo, muito tempo mesmo sem relacionar-se com outra mulher. Para ser mais exato, passaram-se três anos até aparecer uma outra mulher na vida do jovem que lhe fizera esquecer a traumatizante experiência antecedente. O nome dela era Izaura. Dona Izaura era uma viúva de cinquenta e quatro anos e feições nada agradáveis. O namoro gerou muita polêmica na cidade. Diziam as más línguas que Dona Izaura utilizou-se de alguma espécie de macumba para fisgar o coração do jovem, então com dezesseis anos de idade. O namoro já contava seis meses e os dois pareciam estar muito felizes, até que de repente Dona Izaura sumiu da cidade sem deixar nenhum vestígio. O pobre traumatizou-se novamente e decidiu não se envolver mais com nenhuma mulher. Chegou a tentar a sorte com algumas cabritinhas que encontrava na beira da estrada, mas se irritava profundamente com os berros que elas davam.

O tempo foi passando. O garotinho feio e raquítico havia se tornado um homem forte, bem definido, de feições adequadas. As coisas pareciam estar na mais perfeita ordem na vida de Zé Doca. Não tinha muito dinheiro, mas tinha o suficiente para comer. Porém, há exatamente um mês atrás, Dona Rita foi pega de surpresa por uma doença muito grave. O médico constatou que ela deveria ir à capital para fazer uma cirurgia. Zé Doca ficou desesperado. Não sabia o que fazer. Não tinha dinheiro para bancar as despesas. Recorreu a todos os nobres de Aqui-Perto, mas todos lhe negaram apoio. A essa altura ele já sabia que a única pessoa que podia ajudá-lo era o Sr. Antunes. Após uma luta árdua contra os seus princípios – ele não gostava dos Bavarianos –, procurou o velho Antunes que, com alguma burocracia, fez-lhe o empréstimo.

E assim seguiu a vida do desafortunado Zé Doca, um indivíduo simples e bastante desinteressante, que passaria facilmente despercebido em meio a uma multidão de pessoas. Um infeliz pobretão e azarado, dono de uma história pífia e medíocre.

Uma história que jamais daria um livro…

CAPÍTULO 4

A charrete cruzava as ruas de Aqui-Perto a todo vapor. Alcançava uma velocidade espantosa, quase que contrariando as leis da física. Mas naquele momento, sentado no confortável banco daquela charrete, o Sr. Antunes não estava dando a mínima para as referidas leis. Queria mesmo era chegar o mais rápido possível à fazenda para ver sua amada filha. Já contavam seis meses desde a última vez.

A fazenda dos Bavarianos ficava distante alguns quilômetros da cidade. Uns trinta minutos de charrete até lá, mas na velocidade que iam não passaria de dez. Nem o capanga que ia sozinho no cavalo conseguiu acompanhá-los. A cada trecho percorrido o velho parecia nitidamente mais nervoso. Seu corpo todo estava trêmulo. Não parava de roer as unhas das mãos.

– Se avexe, cabra! Põe essa droga de cavalo pra correr! Tá com a gota? – gritava ele ao charreteiro.

Petrônio e Potrinio estavam timidamente calados, admirando pela janela a paisagem que os seguia, que, diga-se de passagem, não era lá grande coisa. Tinham atravessado a cidade – o que não é grande coisa considerando as dimensões da mesma –, passavam agora por vários terrenos cercados e aparentemente desabitados. Entre a vegetação seca da caatinga ainda sobreviviam algumas arvores verdes. Mais à frente, Petrônio observou um grupo de urubus destroçarem um pequeno animal morto, cena comum na região. Seu Antunes nem se deu conta do mal cheiro que os cobria. Parecia que ele sequer estava ali.

A charrete fez uma última curva. Agora estavam na estrada que levava a fazenda do velho. Era um longo trecho plano. Parecia uma pista de pouso para aviões, não fosse a areia no solo. O animal demonstrava sinais de cansaço, tinha dificuldades em respirar, e começou a diminuir a velocidade. Nem as chicotadas que recebia faziam-lhe recuperar o ritmo. Estava no seu limite.

Passaram por um cemitério improvisado na beira da estrada. Seu Antunes que sempre se benze ao passar por aqui, desta vez não o fez. Havia perdido completamente os sentidos e só veio demonstrar sinais de recuperação quando avistou no horizonte suas terras.

Os incontáveis hectares de terras da fazenda dos Bavarianos estendiam-se além-vista. A área é tão grande que segundo relato dos moradores locais gastou-se mais de um ano para que um grupo de aproximadamente cem pessoas pudesse cercá-la inteira. Evidentemente não se pode auferir como verdadeiro o dito relato, não que pairem dúvidas sobre o tempo que se gastou para a completa realização da obra, mas sim porque os moradores locais não eram muito bons em contagem.

A charrete parou em frente ao portão que dá acesso à fazenda. Em seguida, dois criados vieram e abriram-no. O portão era enormemente alto, gradeado e com alguns detalhes medievais, semelhante aos encontrados nos castelos europeus. Estava muito enferrujado devido ao sol e a idade. Ao lado do portão havia uma enorme placa de madeira onde estava escrito em cores vivas e cintilantes o nome "Fazenda dos Bavarianos".

O veículo adentrou as terras da fazenda vagarosamente. Passaram pela casa do criado que ficava à beira da pista, na entrada da fazenda. Depois avistaram alguns milhares de bovinos que andavam livres pelo pasto. Eram para mais de dez mil cabeças de gado dispersas pelas extensas terras da fazenda. À medida que a charrete avançava, a paisagem deserta recebia timidamente alguns tons verdes. Era possível ver algumas rosas resistirem entre os capins no solo. A essa altura Seu Antunes já estava um pouco relaxado e ficou mais ainda quando avistou o imponente casarão da fazenda.

A charrete contornou a linda fonte de água jorrante que embelezava a entrada da mansão e parou próximo a escadaria de acesso as dependências. O casarão era meio velho, mas a estrutura permanecia divina, como se o tempo não lhe tivesse afetado em nada. A arquitetura medieval, além do pátio, dava um ar romanesco à mansão. Era tudo perfeitamente arranjado, como as peças de um quebra-cabeça. Uma obra de arte perdida nas desajeitadas terras Piauienses.

O charreteiro abre a porta. Petrônio desce rapidamente. Seu Antunes respira fundo, aperta alguns botões da sua camisa e sai. Petrônio vem logo em seguida. O velho ergue a cabeça e passou a vista ao seu redor num ângulo de cento e oitenta graus. Percebeu que havia um carro estacionado ali no pátio e ficou muito intrigado. Primeiro pensou que fosse de algum amigo da família, mas logo lembrou que a família não tinha amigos. Depois pensou que fosse sua querida filha, mas daí lembrou que ela não sabia dirigir, e preferiu não pensar mais. Aprumou o chapéu ligeiramente torto na sua cabeça e subiu as escadarias rapidamente atravessando a área de lazer. Agora estava diante da porta que dava acesso as dependências da casa. Era uma enorme porta dupla de

DESVENTURAS DE ZÉ DOCA

madeira. O velho respirou fundo novamente. Os dois capangas abriram a porta, cada um de um lado, em perfeita harmonia. O velho ergueu levemente a cabeça. Seus olhos percorreram toda a sala. Havia dois enormes sofás estrategicamente posicionados no centro. Havia também quatro cadeiras devidamente ocupadas.

Na primeira estava muito confortavelmente Dona Isaura, mãe do velho carrasco. Ao seu lado esquerdo estava não menos confortável a sua filha. Os dois se entreolharam e foram invadidos por um alvoroço de felicidade no qual nem a face rude do velho conseguia esconder.

– Minha filha! – exclamou.

– Pai!

A moça se levantou cuidadosamente para que seu vestido de seda não subisse além dos joelhos e correu em direção ao velho que a recebeu com um abraço paternal.

Maria Clara Bavariano tinha vinte e um anos completos, e uma beleza de fazer inveja a qualquer outra. Sua pele extremamente lisa e sensível, seu rosto angelical e seu corpo de curvas precisas fazem qualquer homem perder a cabeça. Literalmente, foi isso o que aconteceu quando certa vez um rapaz que atravessava uma avenida movimentada na capital ficou paralisado no meio da pista ao ver a linda moça em uma parada de ônibus próxima. Como consequência, um caminhão atropelou o rapaz triturando-lhe em vários pedaços. A cabeça foi parar aos pés da moça, que desmaiou na mesma hora. Os detalhes desse fato não interessam à nossa história.

Maria Clara era uma menina muito meiga e delicada, oposto do seu pai. Na verdade a única coisa que têm em comum é o apego pela natureza e pelos animais, em especial os equinos. Ela adorava o campo e aquele ar peculiar e extremamente saudável da região. Fazia tempo desde a última vez que pisara em terras Aquipertenses. Não que a moça não gostasse de visitar a cidade, de ver a família. É que devido aos seus estudos na Capital, ela só podia visitar a cidade em período de férias, que lhe eram bastante raros.

Naquele momento, pai e filha pareciam duas crianças. Estavam matando saudades de muito tempo que não se viam.

– Minha filha, como ocê tá magrinha. Num tem comido direito não, é?

– Ah! É que tô fazendo regime pai. Faz três dias só. Nem dá pra notar diferença... – disse a moça olhando a si mesma.

– Ê filha, essa coisa de regime ocê sabe que eu sou contra. E depois num quero que ocê fique com as cambita seca igual moças daqui não.

– Eita, pai, que exagero – retrucou.

– Exagero nada! Se tu não parar com esse tal regime vai ficar tão magra que vai passar inté em buraco de agulha.

A moça soltou um leve sorriso. Por alguns segundos fez-se um silêncio.

– E como está às coisas na capital? – perguntou o velho.

– Uma maravilha, não fosse a violência, a poluição, o desmatamento…

– Ixi. Pois é por isso que não me dou com cidade grande…

– Pois é… – repetiu a moça.

– E os estudos?

– Muita correria. Agora só faltam mais dois anos não é? Como o tempo passa rápido…

– Ôh se passa… – retrucou o velho meio introspectivo.

Por alguns segundos fez-se novamente silêncio. O velho então desviou os olhos para as duas pessoas que estavam no outro canto da sala. Um deles era o Dr. Armando, médico da família, que parecia muito ocupado com uma xícara de café. A outra pessoa, que também parecia muito ocupado com uma xícara de café, não lhe era familiar.

– E aquele caboco ali filha?… – perguntou lentamente, tomando cuidado para que ele não escutasse.

A moça então olhou pro velho com um sorriso contagioso no rosto.

– Oh! Que cabeça a minha. Já ia me esquecendo – disse a moça fazendo sinal para que o rapaz se levantasse – Esse é o Eduardo.

Seu Antunes cumprimentou-lhe com um aperto de mão.

– Eduardo Afonso Sá. Muito honrado senhor – disse o rapaz.

– O filho do Deputado Chico Sá?

– Exatamente!

– Nossa, é realmente um prazer receber o filho de tão honrado político. Seja bem-vindo jovem. Vou mandar lhe preparar um quarto. Odelina! Venha aqui! – gritou o velho.

A moça e o rapaz trocaram olhares tímidos.

Atenta aos gritos do patrão, Odelina, uma das empregadas da casa, surgiu rapidamente na sala.

Era uma mulher quarentenária, de pele escura, meio baixa e que demonstrava um considerável excesso de tecido adiposo desenvolvido.

DESVENTURAS DE ZÉ DOCA

– Sim sinhô patrão? – disse ela.

– Odelina, prepare um quarto pra esse rapaz aqui, o amigo da minha filha. Ele deve estar muito cansado.

Maria Clara olhou para o rapaz mais uma vez e em seguida olhou pro velho meio hesitante.

– É... Pai... O Eduardo não é meu amigo não...

– Não minha filha?

– Não...

– Oxi, e é seu inimigo? Pois me diga logo que a gente dá um fim nele é agora, ora mais.

– Claro que não Pai – sorriu ela.

– Colega de curso?

– Também não...

O velho então segurou firme a bengala, olhou para a moça fixamente, ajeitando o bigode.

– E quem é esse moço, filha? – perguntou já com a voz meio trêmula, prevendo o pior.

– É o meu noivo!

CAPÍTULO 5

Já era noite em Aqui-Perto. O sol havia se recolhido. No seu lugar, surgiu timidamente a ingênua lua, com uma aparência meio cansada, exatamente igual a um enfermo que espera desconfortavelmente, numa fila quilométrica, receber atendimento em um hospital público. O céu estava estrelado, sem nenhuma nuvem ocultando-lhe a beleza. O desafortunado Zé Doca estava deitado no banco da praça, onde passara todo o dia meditando sobre sua vida medíocre, e animava-se muito ao lembrar que ao menos ainda tinha vida para meditar. Mas apesar de ter escapado de uma tragédia há apenas algumas horas, o jovem não parecia muito feliz. Na verdade esse era, até o presente momento, o terceiro dia mais infeliz da sua vida. O segundo foi por ocasião da morte de seus pais. O primeiro deu-se em uma vez que ele foi expulso de uma festa realizada em praça pública ao ser flagrado praticando atos obscenos com um cachorro de rua logo após ter tomado uma bela surra de uma garota de 12 anos da qual tentou subtrair um pirulito a fim de entregar-lhe a uma outra garota a qual tentava, frustradamente, arrematar-lhe o coração. O rapaz estava ababelado e inquieto. Levantou, sentou. Levantou e sentou novamente. Depois levantou e deu um chute no banco. Evidentemente o banco de concreto da praça não sentiu nada, mas Zé Doca sim e berrou sem cerimônias. Olhou para a lua, constatou que era tarde, e decidiu voltar pra casa.

– Eu tô lascado! Eu tô lascado! – dizia ele, em ritmo de música, seguindo ladeira abaixo.

Depois de nada menos que duzentos e vinte e cinco enfadonhas repetições da frase acima citada, Zé Doca havia finalmente chegado ao seu barraco e por um instante animou-se ao lembrar que pelo menos ainda o tinha. Demorou um instante e bateu na porta. Sua avó veio abrir. O rapaz entrou sem falar nada, e como não era costume dele chegar em casa silenciosamente, a velha logo percebeu que algo o preocupava.

– Ô meu filho! O quê que te assucede? – perguntou a velha ainda fechando a porta.

– Co- como assim? Não tenho nada de mais, vó – disse o rapaz de costas para a velha.

DESVENTURAS DE ZÉ DOCA

– Não? E porque você tá tão triste assim?

– Oxi, e quem disse que eu tô triste? Eu tô é com sono, só isso. Vou tratar de dormir logo.

– Num precisa mentir pra mim não, filho.

– Mas eu num tô mentindo não vó.

– Eu ouvi sua conversa com o Sr. Antunes.

– Ouviu o que? Nãooo… – disse ele virando-se para a velha.

– Ouvi e tô muito chateada. Como é que você foi pedir dinheiro justo pra esse homem meu filho? Você sabe que esses Bavarianos são gente perigosa.

– Ô vó, eu pedi pra todo mundo na cidade, eu tava aperreado, mas ninguém quis me emprestar o dinheiro. Era muita grana e nós somo pobre, num arranjei nem o tal do fiador, daí foi o jeito pedir praquele véi ranzinza mesmo. Eu num ia deixar a senhora morrer, né?

– Meu filho, você devia ter me deixado morrer mesmo. Já estou velha. Já vivi o que tinha que viver.

– Num fala besteira vó. Se a sinhora morresse, que Deusulivre – disse, fazendo o sinal da cruz – eu batia as bota também. Não ia aguentar – disse o rapaz encostando-se numa cadeira.

– Ô meu filho venha cá me dá um abraço – falou a velha

O rapaz levantou-se e foi para os braços da velha.

– Bem, pelo menos o problema tá resolvido não é? – perguntou a velha com um leve sorriso no rosto.

– Hum…. Óia… resolvido mesmo num tá não…

Dona Rita, embora fosse a pessoa que o jovem pobretão mais estimasse, parecia não compreender bem a íntima ligação entre seu neto e as leis de Murphy. Não conhecia tais leis, isso é fato, porém sempre havia uma variante local para as deduções do letrado americano. Como dizia o *Código de costumes e ditados populares Aquipertense, em seu capítulo 12, "atrás do pobre corre um bicho (ou um cobrador)*. Sabemos que o leitor sempre nutre especial empatia pelo protagonista da história, sobretudo quando se trata de uma pessoa que teve que superar todos os infortúnios. Sempre se espera dias melhores, mas, para Zé Doca a vida não é um romance bem arquitetado, mas, no máximo um drama com pitadas de terror escrito por algum sádico indomável.

– Ôxenti! Mas você num fez um acordo com ele? Você não vai dar aulas pra ela para pagar a dívida?

– É sim. Mas aí que tá um outro problema.

– Problema? Que problema? – indagou a velha, com um certo ar de preocupação, que havia substituído o sorriso que tinha no rosto.

– É que eu num entendo nada daquele negócio de hipismo – disse o rapaz, abraçando a avó mais forte ainda.

E fez-se um silêncio doloroso.

CAPÍTULO 6

Amanhece em Aqui-Perto.

Os galos sopravam as boas novas pelos quatro cantos da cidade, acompanhados pela "simpática" temperatura de 40° graus da cidade.

Zé doca, como de trato, já se encontrava nas terras "Bavarianas". Ali, em pé, meio inquieto, ele observa os cavalos desfilarem pelo extenso e zeloso curral. O Curral era bastante amplo e estava repleto de cavalos das mais diversas raças. Para Zé Doca, aquilo tudo era apenas um amontoado de animais, já que ele não entendia nada sobre raças.

– Eita que eu tô lascado, meu Padim Ciço, como é que eu vô bulir com esses bicho, hein? – indagava ele.

O rapaz, meio tinhoso, anda pra lá e pra cá, em voltas. De repente ele para, volta-se para a cancela e abre-a, adentrando o local.

Dentro do curral, Zé Doca, um pouco tremulo, encara os animais, meio que em um questionamento recíproco. É como se os cavalos perguntassem a ele "o que você faz aqui?". Evidentemente, esta era a mesma pergunta que Zé Doca fazia a si mesmo e quase saiu correndo naquele momento. Mas resistiu, "correr pra quê, já estou aqui" pensou ele, em tom de heroísmo. E ficou. Observava cada cavalo atentamente, nem piscava, e mantinha as mãos na cancela para o caso de algo inesperado acontecer. E ali, olhando os equinos de um por um, ele de repente para, e congela o olhar, ao mesmo tempo em que esboçava um modesto sorriso no rosto. O jovem rapaz encontrou um cavalo que se destacava entre os demais, por ser um pouco menor que todos os outros. Era um Mangalarga Marchador, cavalo de porte médio, ágil, que tem como características a sua estrutura forte e bem proporcionada, uma expressão vigorosa e sadia, visualmente leve na aparência, pele fina e lisa, pelos finos, lisos e sedosos, temperamento ativo e (quase sempre) dócil. Este, que encantou Zé Doca, no entanto, apesar de todas as características autenticas que possuía da raça, estava um pouco abaixo da média de altura da raça, medindo pouco mais de uma metragem. Meio desconfiado, o rapaz foi aproximando-se do animal, que estava cabisbaixo, próximo ao bebedouro. Paulatinamente ele ia, passo após passo, ficando cada vez mais perto. Porém, mesmo com toda perspicácia do jovem, o animal notou pode notar sua presença "ameaçadora", e, pôs-se a cavalgar. Zé

Doca, sem hesitar, puxou o rabo do bicho, fazendo força contraria, numa tentativa de conter o animal. Indubitavelmente, era uma cena estranha de se ver: O animal tentando fugir, e Zé Doca segurando-o como podia.

Aquela confusão toda espantou os outros equinos, que correram para a outra banda do curral. O pobre rapaz, insistia, puxava o cavalo pra perto da cancela, e tentou abri-la, mas o animal esboçou reação e puxou-lhe de volta. O puxa-puxa perdurou por quase um minuto e meio, até que Zé Doca, já exausto, conseguiu puxar o animal e abrir a cancela. Porém, nesta hora, o jovem desleixou, por achar que já tinha vencido a batalha, e naquele momento, o equino furioso, deu-lhe um coice bem na "boca" do estômago e voltou para o curral, como se nada tivesse acontecido.

Evidentemente, algo aconteceu. O coice que Zé Doca tinha levado era de dar pena.

Tomado pela imensa dor, o rapaz berrou tão alto que um passageiro de um avião que sobrevoava a centenas de quilômetros dali acordou pensou ter ouvido algum grito, mas quando percebeu que não havia passageiros no avião desistiu da ideia, pegou um protetor de ouvido e se pôs a dormir novamente.

Respirou fundo, desembaraçou a vista e olhou para o animal. Enquanto recuperava o fôlego pôde perceber uma corda encostada a um pé de caju velho, próximo a cancela. Os demais animais, ao notarem a porteira aberta, saíram em disparada. O jovem, assustado, cansado, dolorido e sem poder fazer nada, apenas observava-os saindo, um por um. Foi então que, tomado por um medo repentino – em parte dos animais, pois temia receber outro coice, e em outra parte (maior ainda) por saber que Seu Antunes não ia achar legal a ideia de ver seus cavalos pastando por ai – meio que desesperado, o garoto teve uma ideia. Correu até o pé de caju, pegou a corda e, com sua habilidade de menino sofrido do sertão, fez um autêntico laço. Os animais passavam na medida em que ele rodava a corda para ganhar impulso, observando-os, até que o último passou e ele, com a mesma precisão de um super computador da NASA, jogou o laço. Certeiro.

– Blamm – fez o barulho do equino ao cair no chão.

Era o Mangalarga, o mesmo que lhe dera um coice há pouco; estava caído. Zé doca aproximou-se e agachou-se cautelosamente ao lado do animal, tomando cuidado para não levar outra pancada. Ergueu a mão direita em direção ao bicho, que murmurava desconfiado, ainda imóvel. Depois de muito hesitar, o rapaz o pôs a mão na cabeça do equino amigavelmente, como quem pedisse por um acordo de paz.

DESVENTURAS DE ZÉ DOCA

– Ó seu bicho, seguinte, nos vai ter que ser amigo senão sô Antunes me corta as tripas, tá me entendendo?

O cavalo parece que havia captado a mensagem. Levantou-se e ficou parado ao lado do jovem. Entreolharam-se um pouco, enquanto Zé Doca carinhosamente alisava o animal.

– Ó seu bicho, leve a mal não viu, mas vô ter que te bota ali na gaiola de volta, pra mó de eu ir atrás dos teus amigo porque se o véi chega aqui e num vê ali guardado, tenho até pena dos meus côro, e tu tem que ter pena de eu também já que nos somo amigo visse?

Falando isso, puxou o animal pela corda em direção ao curral, agora vazio. O bicho oferecia resistência e por mais que o homem lhe puxasse, permanecia estático.

– Eita que tá com a gota! Vamo, se buli daí homi, se avexe!

Mas nada adiantava os esforços do pobre; o animal continuava parado. Zé Doca então se aproximou e firmou-se de costas para o cavalo dando "tapinhas" na cabeça, numa tentativa de animá-lo.

– Nós têm pouco tempo, me ajude aí que eu te trago uma raçãozinha arretada mais tarde, pode confiar, em nome de meu Padim do Juazeiro.

Evidentemente, Zé Doca estava em um monólogo, e ele sabia disso. Animais, a exceção das fábulas, não falam! Isso é um fato. Mas naquele momento, ali, nas terras do Sr. Antunes, encostado ao cavalo, ele não esperava respostas. Queria apenas que, por, quem sabe, um milagre divino, o animal captasse a mensagem e agisse conforme o dito.

Desapontado, o jovem ficou ali encostado ao animal, com um semblante triste, imaginando o que iria lhe acontecer se o velho chegasse ali naquele momento.

Passados dois minutos de inteiro silencio, o animal mexeu levemente a pata direita frontal, e de repente, todos aqueles pensamentos ruins que passavam pela cabeça do jovem desapareceram.

– Isso campeão! Vamo simbora – disse com um largo sorriso no rosto.

Mas o cavalo, que não sabia falar coitado, não estava querendo sair dali. Era outra coisa. Aquele leve movimento que ele fez com a pata direita, era uma mensagem, que não foi entendida pelo jovem, ou o foi, de maneira errada. O animal então fez o inesperado: defecou bem ali.

A cena chocou o rapaz. Não pelo fato do animal ter defecado, mas porque o fez bem ali.

Podemos dizer que uma das poucas qualidades conhecidas do velho Antunes era o fato de ele ser asseado. Gosta de manter tudo limpo;

sua casa, suas roupas, seus bens e principalmente, suas terras. O velho tinha um zelo fora do comum por aquelas terras, e Zé Doca sabia disso, e sabia também que se o velho chegasse ali naquele momento ele estaria bem encrencado.

A lei de Murphy e o adágio popular nos ensinam que não há nada tão ruim que não possa piorar. Os cidadãos de Aqui-Perto desconhecem essa expressão, porém dentro da riquíssima cultura aquipertense há uma variante para este ditado, que poderia ser dita ao jovem naquele momento: "Tá lascado? Te vira peão!"

Peço perdão, caro leitor, pelos termos usados, mas não sejamos hipócritas, ora, ele estava lascado mesmo, e sabia disso. Aliás, pensava que sabia por que na verdade sua atual situação era bem pior do que ele mesmo achava que fosse.

– Ai, meu Padim, quê que eu faço agora hein? Ixi, lascou-se...

Ali parado, coçando a cabeça, percebeu o sol já bastante alto. O velho poderia chegar a qualquer momento.

O odor já tomava conta do local. O vento espalhava-o rapidamente. Zé Doca então suspirou bem forte, tampou o nariz com a gola da sua camisa surrada, agachou-se próximo ao animal, enfiou as mãos no chão de areia, e pôs-se a enterrar o cocô.

– Eita desgraça da gota, tô lascado, eu tô na merda – cantava ele, com um semblante meio apavorado.

E ali ficou executando o serviço com uma agilidade fora do comum.

De repente uma voz:

– Mas que diacho tá acontecendo aqui?

Era o velho Antunes. Ao seu lado esquerdo estava sua filha Maria Clara, que segurava um guarda-chuva com a mão esquerda. Assustada com a cena, a menina deixou o objeto cair. O velho faiscava. Estava muito irritado, ajeitando as mangas da camisa, esperando por uma resposta do jovem.

Zé doca estava em transe, não sabemos dizer se pelo fato de ter visto o velho, ou pela surpresa ao ver aquela garota ali. Talvez pelos dois.

– Vamos diacho, me explique logo isso!

O jovem estava em transe. Tomou um pouco de fôlego, recuperou-se, ergue timidamente a cabeça, viu diante de si o semblante horroroso do velho e, ao seu lado, uma bela moça, delicada, aparentemente dócil, da cor das nuvens que raramente aparecem nos céus daquela região.

DESVENTURAS DE ZÉ DOCA

O jovem gaguejou. Tentava arriscar algumas palavras, mas estava estático encarando a simpática garota.

— Mas ora diacho, vamo responda homi! Se não quiser que eu lhe ranque uma tira de couro agora mesmo – resmungou o velho.

Esta frase, de um conteúdo extremamente ameaçador, não surtiu nenhum efeito aos ouvidos de Zé Doca, ainda anestesiado pelo perfume da menina, que afrontava o cheiro de merda que exalava de suas mãos.

Os dois entreolharam-se por alguns segundos; para ele pareceu uma eternidade, para ela não foi mais que alguns segundos.

Passado aquele momento, Zé Doca voltou a si e percebeu a situação ridícula em que se metera. Experimentou sentimentos vários; envergonhou-se diante da presença da garota e amedrontou-se diante da presença do velho rabugento.

— É... Sô Antunes, é uma longa história...

— Pois trate de me contar logo!

— Se aperreie não sinhozinho, deixa eu vê como posso lhe explicar mió...

O velho franzia a testa, já quase sem paciência.

— Aconteceu uma coisa sinistra, o sinhô nem vai acreditar... – disse Zé Doca pausadamente, arriscando alguns olhares tímidos à moça.

— Deu-se que quando eu cheguei aqui, madrugadinha ainda, vim caminhando no rumo do curral, quando noto os bicho correndo assustado – falava enquanto ia se levantando.

— De longe num deu pra vê o que era, mas eu num contei história e vim correndo em disparada num sabe? – prosseguiu

— Pois o Sinhô acredita, quando eu cheguei perto que olhei pra dentro, sabe o que tinha la no curral? – perguntou, em um tom quase heroico, aproximando-se do velho com um olhar sublime.

A moça parecia um pouco interessada no causo, o velho porém, apenas resmungava.

— E o que tinha no curral oras? – indagou, denotando um certo desinteresse.

— Pois sabe que tinha um Leão?

— UM LEÃO? – indagaram os dois, em coro uníssono.

— Sim! Um leão. Exatamente igual aqueles que a gente vê nas TV.

— Oxi cabra, mas nunca vi leão por essas banda, deixe de prosa homi – resmungou irritado, colocando a mão esquerda sobre o cabo de um facão que trazia na altura da cintura, fazendo menção de puxá-lo.

– Mas num tô lhe falando Sinhozinho. E eu lá tenho cara de mentiroso? – indagou o rapaz, e, sem deixar tempo para que alguém respondesse, foi logo emendando – E era dos grandes, bem forte, devia pesar umas, duas, talvez três toneladas.

– Três toneladas? – novamente em coro uníssono.

– Se não for mais que isso – completou

A garota deixou escapar um leve sorriso. O velho Bavariano continuava enfurecido e antes que tivesse qualquer outra reação, Zé Doca prosseguiu.

– Aí sabe como é né sô Antunes, eu tava desesperado, num contei história, abri a porteira pros bicho sair e fiquei lá pra enfrentar a fera.

– Oxi cabra, tá me dizendo que tu brigou com um leão?

– Ah Sô Antunes, num foi bem uma briga não, porque briga é quando os dois bate né? O coitado só apanhou… Eu ataquei no cabelo do bicho, rodei um pouco e joguei ele pra bem longe daqui, arrastou uns cinquenta metros ainda antes de sumir da vista. O sinhô tinha que ter era visto. Mas garanto pela minha vozinha que ele num aparece mais por estas banda – disse o rapaz, aproximando-se do velho, tentando colocar a mão no seu ombro, o qual afastava-o o quanto podia.

– E essa merda aí na sua mão, que diacho significa isso?

– Ah… Isso aqui? – Indagou meio sem jeito, mostrando as mãos.

– É que na hora esse bicho ficou paralisado de medo, nem conseguiu correr com o resto do bando coitado, e cagou aí no chão o tinhoso, aí aproveitei pra adubar o solo já que o sinhô gosta de manter suas terras férteis.

– Hum… – murmurava – essa história tá muito mal contada, tá querendo me enrolar cabra safado? – disse o velho ajeitando novamente a mão sobre o facão.

– E esse cavalo aqui, se ele ficou paralisado devia de tá era no curral, como ele veio parar aqui ora?

– Ah, isso aí… isso aí foi…

– Ora Pai, deixa isso pra lá, o que importa é que acabou tudo bem. Além do que, vim para minha aula de hipismo, que, por sinal, já está atrasada – interrompeu a garota. – Não vai querer que eu perca minha tão preciosa aula vai, pai?

– Não fi-filha, que é i-isso – respondeu meio trêmulo.

E esta foi a segunda vez que Maria Clara Bavariano salvou a pele do infortunado Zé Doca.

CAPÍTULO 7

O *Código de costumes e ditados populares Aquipertense*, em seu capítulo 28, primeiro parágrafo, leciona que "Dá morte só se escapa fedendo". Zé Doca, naquele instante, parecia conhecer pontualmente a letra do referido brocardo. Não foram poucas as emoções que vivenciara nos últimos dois dias. A mais recente talvez tenha sido uma das mais constrangedoras que se metera em toda a vida. A expressão "Foi pego com a mão na massa" ganha com o jovem uma nova significativa, desta vez menos honrosa. Mas o pobre desafortunado já se acostumou com a crueldade do seu mundo. Aprendera desde pequeno a enfrentar as dificuldades da vida e as diversas situações, por menos corriqueiras que fossem. Possuía a incrível habilidade de se meter em conjunturas, ora cômicas, ora bizarras.

Naquele momento estava aliviado. Experimentou sensações várias. Foi do céu ao inferno em pouco tempo. Isso por conta da bela jovem que ele sequer conhecia, mas que já tinha lhe salvado a vida por duas vezes.

Ambos estavam ali, hipnóticos, sem esboçarem qualquer reação. O velho tinha partido, tinha um dia cheio. Deixou parar trás sua filha, talvez seu maior tesouro, com um ar desconfiado.

Permaneceram um longo período naquela tímida troca de olhares. O rapaz aproximava-se vagarosamente, em passos desengonçados, enquanto a moça permanecia imóvel. De repente o silêncio foi quebrado. Hipnotizado pela luz estonteante que emanava da formosa moça, o jovem não observou o solo que pisara e num momento de extremo descuido e pura falta de sorte, escorregou – pasmem – nos dejetos do equino. No susto a moça recuou um pouco.

– É... O-Oi...

– Oi... – respondeu com um leve sorriso de canto de boca.

– Então é você o novo professor?

O jovem ergueu-se rapidamente, demonstrando agilidade digna de fazer inveja a qualquer grande mestre ninja, e hesitou por um instante.

– Ah! É... Sou sim. – E vossa senhoria tem nome? – emendou, recuperando a confiança.

– Maria Clara.

– Manoel Alberôncio Leomar Miranda Clementino Furtado Oliveira da Silva Pereira, mas pode me chamar de Zé Doca.

Ainda fez um movimento com o braço esquerdo, como quem quisesse cumprimentar a moça com um aperto de mão, mas quando olhou para si, desistiu da ideia.

– Então, onde aprendeu hipismo?

O jovem parecia surpreso com a indagação feita. A palavra hipismo não lhe soava familiar. Na verdade se muito a ouviu não foram mais que cinco vezes em toda a sua vida.

– Ah, eu... É... Aprendi por aí... Sozinho mesmo, sabe?

– Sozinho? Nossa! Impressionante. Então você é um autodidata?

– É... – confirmou, sem saber bem a acepção da palavra "autodidata".

– Hum... Então o que vamos treinar hoje?

– Ah! Sabe o que é moça. foi tudo muito em cima da hora, aí nem deu tempo eu preparar uma aula, assim, toda coisada mesmo, sabe? Do nível que uma bela flor como vossa pessoa merece, mas vamos improvisar.

– Eu entendo. Ninguém esperava que seu Fagundes morresse assim, parecia tão bem última vez que lhe vi.

– Pois num é verdade? Vai entender o mundo...

Naquele instante passou um filme na cabeça de Zé Doca. Lembrou, em um tom meio sofrível, que só estava ali, vivo, por causa da morte do velho. O jovem, de coração simples e puro, sentiu-se culpado mais uma vez, e martirizou-se um pouco. A moça percebeu-lhe um pouco abatido e desconversou:

– Então, vamos treinar um pouco de galope?

O galope, nos termos técnicos da equitação, é uma andadura de três tempos, ou seja, enquanto dois membros se movimentam juntos, os outros dois podem se mover separadamente, tendo ainda uma intensa movimentação do pescoço, o que ocasiona uma grande basculação, permitindo no salto um tempo de completa suspensão.

Evidentemente Zé Doca não conhecia os termos técnicos do referido esporte. Talvez o pobre ignorante não soubesse sequer o significado da expressão "termos técnicos". Mas isso não faria muito diferença na vida do abobalhado rapaz. Embora tenha frequentado a escola em tempo mínimo e não seja exatamente um exemplo clássico de intelectualidade, Zé Doca tinha uma capacidade de raciocínio extremamente rápida e peculiar, principalmente no que diz respeito a flertar com garotas e evadir-se de situações como esta em que se metera.

DESVENTURAS DE ZÉ DOCA

– Ah, deixa disso, sinhá. Vô lhe ensinar uma coisa muito mais interessante.
A mulher ficou intrigada.

– Ande moça, sente cá – prosseguiu, dando umas palmadas no cavalo que estava ali parado.

– E posso saber o que vai me ensinar?

– Mas, oxi, e a sinhorita num sabe? É uma das maior técnica de todos os tempos moça...

– Qual o nome desta técnica?

– Ah, mas num tem nome não sô, é que eu inventei faz muito tempo não, aí nem pensei direito no nome.

A moça, embora meio assustada com o que estaria se passando naquele momento na indecifrável porção de encéfalo localizada na caixa craniana de Zé Doca, não titubeou e subiu no animal.

– Primeiro nós vamo dar uma volta juntos pra eu lhe explicar tudinho, tim-tim por tim-tim.

– Juntos? – exclamou.

– Sim moça, mas num se aperreie não, sou cabra de confiança, esqueceu que sou seu professor?

Maria Clara não se esqueceu disso, e nem esqueceria, afinal de contas que outro professor conhecia que chegou no primeiro dia de aula com as mãos encobertas por dejetos de um animal? Nenhum.

– Meio estranho isso... Mas lave as mãos antes de subir aqui. Esse cheiro aí num tem quem aguente – disse Maria Clara.

– He! He! He! Pior que é verdade – disse o rapaz, colocando as mãos próximas ao nariz. Não tão perto que pudesse tatear, mas perto o bastante para saber que não lhes queria ali.

Aquele odor desagradável se instalara no jovem há tanto tempo que já parecia ser uma parte integrante e fundamental do seu corpo, o que nos faz lembrar um poema de João Xingó da Rapadura, grande mestre da literatura local:

"Cheiro meu, cheiro meu

Espalha-te no mundo

Para que saibam que és meu

E aqueles que duvidarem

Querido cheiro não minta

Atacai-vos sem piedade

Para que vossa força – e catinga – cada um sinta. "

Meio perdido, Zé Doca olhou para todos os lados procurando por alguma poça d'água – evidentemente em vão já que a região enfrentava um longo período de secas – e, ao voltar os olhos para o estábulo, percebeu o bebedouro meio cheio. Sem perder tempo, direcionou-se para o objeto e meteu as mãos dentro pondo-se a lavá-las. Não esperava sair dali totalmente limpo ou cheiroso, apenas queria sentir-se um pouco mais digno de estar diante daquela moça que ele pouco conhecia mas tanto admirava.

– Prontin dona moça, vamo simbora? – disse ele, enxugando as mãos na própria camisa.

– Vamos – disse a moça meio desconfiada.

Zé Doca então preparou-se para subir no animal, segurou-se no bicho, pegou impulso e pulou. O desajeitado rapaz não parecia está mesmo no seu dia de sorte. No pulo que deu, escorregou novamente, como se a gravidade da terra estivesse realmente furiosa com aquele ser menosprezante, e enrolou-se com a corda que estava presa ao animal. O bicho, assustado, correu em disparada arrastando o pobre pelo chão. Maria Clara gritava assustada agarrando-se ao pescoço do cavalo. O pobre rapaz não teve a mesma sorte. Sequer teve onde segurar-se, e foi arrastado pelo solo por centenas de metros.

O cavalo parecia enfurecido. Sem controle. A moça gritava desesperadamente para que ele parasse. Logicamente seu pedido não fora atendido, talvez por culpa do animal que não entendia a língua dos humanos, ou talvez por culpa dela que não se preocupou em aprender o vernáculo (se é que eles o têm) dos equinos.

A gritaria perdurou por vários minutos. Foi então que a corda que prendia Zé doca ao animal fixou-se no tronco de uma árvore e ao esticar-se completamente conseguiu parar o equino. Maria Clara ainda tentou agarrar-se ao pescoço do animal, sem sucesso, e foi jogada ao solo. O pobre infeliz foi arremessado metros à frente, capotando seis vezes antes de cair próximo –bem próximo mesmo– á uma cerca de arame farpado. Os mais otimistas poderiam achar que no final das contas Zé Doca era um jovem sortudo, pois, talvez, impulsionado por uma força meio que sobrenatural conseguiu livrar-se de uma colisão com a referida cerca, fato este que poderia ocasionar o falecimento do mesmo e o encerramento prematuro deste livro.

Mas a verdade não era bem essa, e o pior estaria por vir.

A garota levantou-se vagarosamente, tentando tirar a poeira do corpo. Estava meio inconsciente. Ganhou alguns leves arranhões em toda

DESVENTURAS DE ZÉ DOCA

a extensão de seu belo corpo, além de ter o lindo vestido aveludado que usava totalmente conspurcado.

– Seu idiota destrambelhado! Quer me matar é?

Zé Doca, que estava caído mais a frente, embora tenha sofrido um forte impacto com a queda, não sentiu dor alguma. Estava na verdade preocupado com Maria Clara. Tinha receio de que sua imagem com a moça ficasse (com o perdão do trocadilho) arranhada, e ela não quisesse mais sequer vê-lo.

Gaguejou. Tentou explicar-se, mas lhe faltaram as palavras.

– Você é um mentiroso, não sabe nada sobre Hipismo! – prosseguiu a moça, deixando escorrer algumas lágrimas de seus belos olhos.

Uma nota inserida no rodapé do *Código de costumes e ditados populares Aquipertense*, por ocasião da vigésima terceira atualização, acrescenta que "Ao escapar da morte fendendo, por favor, não se lave. "

Provavelmente Zé Doca, por não ser um leitor atento, não soubesse do teor do referido dispositivo ou o tenha ignorado. O fato é que o pobre ficou desnorteado diante da exclamação feita pela garota. Estava completamente perdido, e, antes que pudesse pensar em algo, surgiu uma voz, ainda mais estridente que a de Maria Clara.

– Como é que é?!

Esta voz que emanou aparentemente do nada soava familiar aos dois. Maria Clara ergueu a cabeça, assim como Zé Doca, e perceberam o semblante de quatro homens, cada um perfeitamente arranjado sobre um cavalo exatamente igual a aquele que lhes tinha proporcionado este incidente mais recente. O jovem transpirava excessivamente. Estava ofegante. Não era para menos, a última pessoa que ele queria ver naquele momento indecoroso era exatamente a que estava ali: Seu Antunes.

O velho, acompanhado do Sr. Eduardo e os subalternos de sempre, Petrônio e Potrínio, estava nitidamente mais furioso que no episódio anterior. Passara por ali por trágico acaso, apenas para exibir suas imensas terras ao noivo de sua filha. Nem mesmo seus poucos fios brancos de cabelo que ainda sobreviviam ao tempo poderiam prever uma cena de tamanho desatino.

Eduardo Afonso pulou do cavalo naquele instante e abraçou Maria Clara.

– Você está bem, meu amor? – perguntou.

– Sim, acho que estou... – respondeu ela, ainda tirando a poeira do vestido.

O Bavariano, embora não demonstrasse, estava bastante preocupado com sua filha. A sua preocupação só não era maior do que o ódio que emanava de si.

– O que diacho aconteceu aqui, minha filha? – indagou Seu Antunes, com um tom preocupado.

– Ah pai, foi este destrambelhado que o senhor contratou, ele não sabe nada de hipismo.

– Mas é o quê?. Isso procede cabra safado? – perguntou, direcionando-se a Zé Doca.

O desafortunado rapaz continuava sem voz. Era como se o medo lhe tivesse comido a língua.

– Oxi mas tá com a gota, responde logo frouxo!

– É... num é que eu num sei, assim, só tô meio enferrujado dotô... – gaguejou ele, finalmente.

Seu Antunes não esperou Zé Doca terminar a frase. Nem precisava. Àquela altura já estava convencido do fato de que tinha sido enganado pelo homem que estava ali no chão, totalmente imundo, desprezível, e não gostou nem um pouco disso. E, pior ainda, havia acabado de colocar sua filha em risco.

– Petrônio, atire no fucinho desse fí duma égua.

– Não, Sô Antunes! Por favor, não faça isto – implorou o pobre.

– Pai, não precisa disso, basta demitir ele e pronto – disse a moça, meio arrependida, culpando-se por dar causa aquela situação.

– Eu já devia lhe ter matado na primeira oportunidade que tive cabra.

Petrônio aproximou-se do rapaz mostrando uma certa insatisfação. Talvez não quisesse fazer aquilo, mas não lhe restava opções. Não poderia desapontar seu patrão, o qual considera como um pai.

Defronte ao alvo, puxou a espinguarda que trazia nas costas, examinou-a a fim de vê se estava municiada e ainda benzeu-se antes de apontar a arma ao pobre.

– Vamos filha! Não quero que minha princesa veja isto.

– Pai, por favor, não faça isso...

– Não me questione! Vamos!

Eduardo subiu no cavalo juntamente com Maria Clara. A moça ainda encarou Zé Doca por um tempo, chorando, não mais pela dor de seus pequenos ferimentos, mas por ter ciência de que contribuiu diretamente para a morte daquele jovem.

DESVENTURAS DE ZÉ DOCA

– Eu posso provar pro sinhô que sou bom de Hipismo – gritou o jovem desesperado.

Seu Antunes ignorou-o, prosseguindo seu caminho.

– Eu conheço tudo de cavalo Seu Antunes. Deixa eu mostra sinhozinho, pelo amor de Nossa Sinhora.

Petrônio engatilhou a arma.

– Eu desafio o sinhô numa corrida!

Seu Antunes interrompeu sua trajetória. Parou ali por alguns segundos. Fez um giro de 180 graus. Retirou o chapéu levemente com a mão esquerda. Seu relógio de ouro reluziu contra o sol.

– O que que ocê falou cabra?

– Eu lhe desafio a uma corrida de cavalo. O Sinhô nunca perdeu pra ninguém da região uma corrida de cavalo. Então, euzinho aqui desafio vossa pessoa, pra lhe provar que sou o mió corredô dessas banda...

Petrônio riu.

– Ah! Ah! Ah! Ah! Ninguém ganha do patrãozinho nessas coisas não homi de deus – disse ele.

O velho não gostava de ser desafiado, mas quando isto acontecia nunca o recusava. Considerava, antes de tudo, uma batalha pela honra, pelo ego, uma chance única de provar quem era o mais forte. Neste caso ele sabia ser o mais forte, mas a arrogância – talvez seja essa a palavra – de Zé Doca em desafiá-lo ali, na presença de seus subalternos, e mais que isso, de sua filha, mexeu no seu íntimo.

– Com licença Senhor, é melhor que não dê ouvidos as provocações desse homem. Ele só tentando dissuadi-lo da ideia de tirar-lhe a vida – falou Eduardo, com um largo pseudossorriso no rosto.

– Desafio aceito! – Disse Seu Antunes, ignorando Eduardo.

– A-a-a-ace-cei-aceita? – Indagou Potrínio, mais gago que de costume.

– E como vai ser isso, cabra?

– Simples demais sô. Se o sinhozinho perder eu fico vivo e ocê me perdoa a dívida.

– E se eu ganhar? Que aliás é o que vai acontecer.

– Aí o sinhô pode ficar com tudo que é meu...

– E tu lá tem nada, homi.

– Mas, oxi, é mermo né? Então, nesse caso o sinhô pode me matar de verdade e prometo que num vô dizer nenhum piu. O povo da cidade vai achar muito mais justo né?

– Então será no sábado, porque é o dia que o caixão tá mais barato. Está marcado o seu velório.

– Só tem mais um probleminha sinhô Antunes.

– Ora, mas que problema?

– Eu num tenho nenhum cavalo.

– E o que eu tenho a ver com isto?

– Ora sô Antunes, se euzinho num tenho cavalo como que vou treinar esse tempo todo pra corrida?

– E daí?

– Daí que pensei cá por alto, se vossa senhoria, pessoa boa que é, não poderia me arranjar um dos seus…

– Mas de jeito maneira…

– Ah Pai, não custa nada fazer isso pro pobre, e depois o senhor tem tantos cavalos que um só nem lhe faz falta – interferiu Maria Clara.

– É uma pena sinhozinho, agora eu cá com minha cachola fiquei pensando no que o povo vai achar quando souber que o grande Arnaldo Antunes Bavariano, cabra homem do jeito que é, ganha suas competições trapaceando.

– Oxi caba! Tu tá disregulando das ideia é?

-Não sou eu sinhozinho. É o povo que vai dizer por aí…

– Com licença sogrinho, acho melhor o senhor não ligar pra essas provocações e dá fim logo neste meliante – disse Eduardo.

– Pois vô lhe dá um cavalo sim.

– Fico muito agradecido dotô.

– Inda vou lhe fazer melhor. Vou deixar ocê treinar aqui na minha fazenda, e escolher o cavalo que quiser que é pra num ter desculpa esfarrapada.

– Eita patrão de bom coração. Trato feito.

Zé Doca sentiu-se aliviado. Maria Clara, de certa forma, também. Todos partiram.

CAPÍTULO 8

O episódio mais recente parece encerrar, ao menos provisoriamente, uma sequência de acontecimentos desastrosos na vida do infortunado Zé Doca. Não é muito lembrar que até o presente o jovem já escapou diversas vezes da morte. Se fosse um felino qualquer, que dizem ter sete vidas, já não lhe restariam mais que quatro. Mas, se Zé Doca fosse um felino, definitivamente, não seria um qualquer.

Não podemos dizer que o que lhe impediu de estar a sete palmas terra abaixo fora apenas sua sorte. Há de se reconhecer o talento fenomenal deste pobre para safar-se de situações escandalosas, de forma ilesa, ou menos gravosa possível.

Desafiar um Bavariano era, no dizer popular dos cidadãos locais, assinar a própria sentença de morte. O último que o fez arrependeu-se tanto do ato de bravura que se pôs a beber várias doses de *Xoxota raspada*, bebida típica da região, até ser subitamente atacado por uma convulsão incontrolável que culminou em sua morte e eventual desclassificação da competição.

Xoxota raspada é, na definição da 15º edição do *Almanaque de bebidas e comidas típicas Aquipertenses*:

Uma bebida afrodisíaca, de cor avermelhada, cujo teor alcoólico é capaz de provocar alucinações repentinas. Quando ingerida demasiadamente o seu efeito mais comum é fazer com que o indivíduo tenha plena convicção de que, na verdade, pertence ao sexo ligeiramente oposto, resultando em ações incompatíveis com sua própria dogmática, e que quase sempre envolve a entrada de alguma coisa pontiaguda no seu orifício da extremidade terminal do intestino, pelo qual se expelem os excrementos.

O certo é que naquela noite calorosa de segunda-feira, Zé Doca não meditava muito sobre a tal corrida. Era outra coisa que não lhe saia da cabeça. A doce Maria Clara.

Passara a noite toda ali, balançando-se numa rede feita de couro de bode, arranjada na parede deteriorada do seu modesto quarto, pensando naquela garota que acabara de conhecer. Seus olhos brilhavam intensamente. E não era pelo reflexo das estrelas que se via através das falhas do telhado mal feito de sua casa. Qualquer observador desatento poderia notar facilmente que aquele brilho peculiar nos olhos do jovem era na verdade a chama do amor.

Zé Doca sabia disso mais que todos, embora relutasse um pouco. Mas não podemos culpá-lo. Maria Clara é daquelas moças que apaixonam qualquer um.

Corpo exuberante e feições agradáveis são apenas alguns dos adjetivos que lhe podemos atribuir. Inteligente, delicada, bonita e jovem, quem não se apaixonaria?

Esta era exatamente a questão que afligia Zé Doca. Saber que todos os homens do mundo enamorariam a bela moça não lhe agradava. Olhava para si um tanto depressivo. Não via como uma moça rica, bonita e inteligente se envolveria com ele, um rapaz maltrapido, semi-analfabeto e insuficiente de fundos.

Convenceu-se terminantemente que mentir para a garota não foi uma atitude correta, tampouco digna, e que perdera alguns pontos, se é que ele os tinha. Estava inconsolável, apático. A primeira impressão é a que fica, dizem. Então seria essa a imagem que aquela moça guardaria para sempre deste trepido rapaz?

Talvez sim. Talvez não. O certo é que lhe agradava saber que no dia vindouro talvez pudesse vê-la, mesmo que por pouco tempo, quiçá conversar, explicar um pouco os incidentes pretéritos. Poderia melhorar um pouco que fosse a sua imagem. Poderia piorá-la também, e nisso ele era muito bom. Estava disposto a correr o risco.

De repente aquele rosto pálido e inseguro deu lugar a um otimismo sem precedentes. Manteve-se convicto. Dessa vez daria certo.

Preferiu pensar assim, e pôs-se a dormir.

CAPÍTULO 9

    Ainda era madrugada quando Zé Doca interrompeu o sono e fora procurar algo para comer. A ânsia tomava de conta do seu âmago. Queria chegar logo a fazenda dos Bavarianos. Evidentemente não era para treinar com os cavalos. A bem da verdade, quase sempre que lembrava-se deles terminava por passar os próximos trinta minutos sentado em um vaso sanitário com alguns pedaços de papeis cortados na mão, assoviando o hino nacional repetidas vezes.

    Passou alguns instantes saboreando uma fatia de pão, acompanhado de um outro pedaço de rapadura e um pouco de água, como ele gostava. A grande questão ali era saber qual, entre a rapadura e o pedaço de pão, era o mais rijo.

    Esta era manifestamente uma questão de difícil solução e Zé Doca não demonstrava nenhum interesse em respondê-la. O fato é que ele já se acostumou tanto com aquele pedaço de massa de farinha de trigo fermentado quanto com aquele alimento à base de açúcar mascavo. Era o que ele tinha para comer, e era grato a Deus por isso. Salvo algumas raras vezes em que recebia alguma quantia em dinheiro e gastava em massa de farinha de milho para que Dona Rita fizesse cuscuz para comerem, sua rotina matinal se resumia naquilo: pão seco, rapadura e água.

    Mas seu organismo já se acostumara. Seus dentes, embora demasiadamente amarelados, tornaram-se super-resistentes, o que ficou nitidamente provado numa vez em que ele, em um momento de tremenda ociosidade, rompera uma barra de ferro usando apenas o maxilar.

    Enquanto comia lembrava-se de Maria Clara, e de como seu cabelo perfeitamente escuro combinava com aquele vestido perfeitamente arranjado no seu mais que perfeito corpo. Aquela lembrança lhe enchia os olhos e acrescentava mais sabor a sua comida quase insípida.

    Dona Rita acordou com o ruído áspero provocado pelo atrito entre a rapadura e os dentes do jovem. Estava satisfeita por ver o neto que tanto estima ali, aparentemente bem. Porém quando soube que Zé Doca iria à fazenda dos Bavarianos chegou a cogitar que nunca mais o veria.

    Mas ele estava ali. Os dois estavam ali. Assim como sempre foi desde que o pobre nascera.

Dona Rita com muito esforço conseguiu atravessar a saleta e sentar-se, com mais esforço ainda, ao lado do seu neto.

– A bença, vó!

– Deus te abençoe meu filho.

Os dois entreolharam-se um pouco.

– Então meu filho, como se foi lá ontem?

– Ah vó, mas, oxi, é uma história danada de cabulosa, mas isso depois eu lhe conto, é que agora eu tô avexado...

– Vai pra onde?

– Pra lá de novo!

– Mas tá tudo bem?

– Tá. . Tá Sim vó, nem se preocupe.

O rapaz levantou-se, massageou um pouco a velha meio introspectivo, depois virou-se em direção a porta.

– Mas vem almoçar aqui, filho?

– Talvez...

– E a menina? – indagou Dona Rita.

– Que menina?

– A filha dos Bavarianos.

– Mas, oxi, quê que tem ela?

– Ela é bonita?

Zé Doca hesitou um pouco. Não que tivesse dúvida sobre a beleza da moça, apenas estranhara a pergunta repentina da avó.

– É sim vó, muito das bonita.

– Hummm... – resmungou a velha.

– Inté mais vózinha.

– Inté meu filho, e tome cuidado viu?

Zé Doca seguiu rumo à Fazenda dos Bavarianos, ignorando a última frase dita pela velha.

CAPÍTULO 10

Os primeiros raios de sol surgiram no horizonte.

Na Fazenda dos Bavarianos o repouso periódico é pontualmente cessado pelo canto das aves galináceas de crista carnuda e asas curtas, que adotaram o milho como alimento principal de sua dieta.

O barulho é atordoante, afinal de contas não são poucas as que habitam a fazenda.

Eduardo tinha acabado de acordar. Estava irritadiço. Era apenas a segunda noite dele ali, não se acostumara ainda.

O ar campestre, o cheiro da terra, os animais, as comidas típicas, nada, absolutamente nada disso lhe atraia. Quando lhe perguntavam sobre o que achava da vida no campo respondia quase sempre em um tom de superioridade "Não é meu habitat natural".

E certamente não era.

Eduardo Afonso de Sá pertence a uma tradicional família de nobres, oriunda da capital Piauiense. É um jovem de pouco mais de metro e setenta, de pele pálida e corpo ajustado. Entre ser perfeccionista ou desleixado, o jovem parece ter encontrado um meio termo adequado. O maior problema, contudo, diz respeito ao modo exagerado de vestir-se, totalmente formal, inclusive em ocasiões nada formais, como na vez em que fora assistir ao jogo do Gameleira contra o Pau de Arara, clássico do futebol regional, em pleno meio dia, num calor de mais de 40 graus, usando um terno, ligeiramente preto, para combinar com a camisa do Gameleira, seu time de coração, e uma gravata, ligeiramente cinza, para combinar com a poeira que subia do campo a cada lance do jogo. Era notável ainda que nenhum dos outros vinte e cinco torcedores que estavam no estádio usavam sequer camisa.

Desde que sua mãe falecera prematuramente acometida por um câncer maligno há cinco anos, se viu obrigado a parar os estudos em Portugal e voltar para o Brasil. Seu pai, o deputado Chico Sá, além das atividades parlamentares, também exerce em caráter societário a chefia de uma das maiores empresas de mineração do Nordeste, a *Companhia de Minérios Sá e Associados*. Há quem diga que esta empresa funciona como "laranja" de um gigantesco grupo internacional. Há quem diga ainda servir apenas para lavagem de dinheiro. Há ainda aqueles que preferem não opinar sobre isto a não ser que seus nomes sejam incluídos no programa de proteção a testemunha.

O certo é que a *Companhia de Minérios Sá e Associados* enfrenta uma crise sem precedentes, que já dura por mais de ano. As ações do grupo sofreram a maior desvalorização desde a sua fundação. Alguns sócios, observando o risco iminente da empresa entrar em falência, desfizeram-se das suas cotas. Uns venderam-nas, outros preferiram queimá-las. Um grande acionista porem achou mais viável expor seus papeis acionários em quadros gigantescos no centro da sala de estar de sua residência, e a partir de então adquiriu o estranho hábito de sempre antes de dormir voltar naquela sala e observar os tais quadros, fazendo o sinal da cruz e batendo cinco vezes no chão com o pé direito.

Eduardo levantou-se e esfregou a mão contra os olhos por várias vezes na tentativa de despertar completamente. Fora até o banheiro escovar os dentes. O banheiro do quarto era extremamente grande e bem arquitetado. Chegava a ser maior que o próprio quarto. O ambiente era agradável, o chão e as paredes eram totalmente azulejados, e bem no meio do cômodo havia uma pia de mármore, com uma torneira folheada a ouro e um espelho dupla face. Não demorou escovar os dentes e banhar, e sem perder tempo, pôs seu terno cinza. Estava impecável. Enquanto admirava-se em frente ao espelho, alguém bateu à porta.

Toc-toc.

– Quem é? – perguntou Eduardo

– Sinhô Eduardo?

– Pois não.

– Vim avisar ocê que o café já tá na mesa.

Era Dona Odelina, uma das empregadas da fazenda.

– Estou indo. Obrigado.

Deu ainda um último nó na gravata antes de abrir a porta do quarto. Estava agora diante de um extenso corredor, que abrigava quatorze cômodos aparentemente de mesmas dimensões do que se encontrara o rapaz. Na ponta esquerda estava o quarto de Maria Clara, e ele demonstrava profundo desânimo ao lembrar-se disso. Pensou que poderia dormir com ela, juntos, como um casal qualquer, mas seus planos foram totalmente destruídos pelo homem que agora chamava de sogro e que, coincidentemente ou não, era o pai de Maria Clara. Era evidente que

DESVENTURAS DE ZÉ DOCA

Seu Antunes não deixaria que dormissem juntos, sua filha poderia ter a reputação questionada e isso ele não admitiria em hipótese alguma.

Eduardo atravessou toda a extensão do corredor enquanto alinhava metodicamente seu terno, até chegar à sala de refeições da casa.

Era um compartimento bem amplo embora extremamente vazio, exceto por alguns quadros na parede e a mesa de refeições ao centro. A mesa retangular feita de mármore media para mais oito metros de largura e comportava seis cadeiras de ambos os lados, e mais uma em cada extremidade. De longe Eduardo avistou vários pratos com algumas iguarias já postas a mesa, ao que seu estômago respondeu rapidamente com uma leve e desagradável sonorização. Avistou ainda, na extremidade superior da mesa, o Sr. Antunes, já sentado.

– Bom dia senhor! – disse Eduardo.

– Bom dia!

– Estava a minha espera senhor? – indagou Eduardo, puxando uma cadeira um pouco próximo ao velho, para sentar-se.

– Na verdade tô esperando é minha filha.

– Maria Clara? Ah, não creio que ela já esteja acordada senhor. Talvez devêssemos comer logo.

– Nossa Eduardo, não aguenta esperar um pouco sua bela noiva?

Maria Clara surgiu, com um sorriso irradiante, totalmente encantadora, encoberta em um vestido avermelhado, que combinava perfeitamente com o batom nos seus lábios.

– Bom dia amor! – disse Eduardo, meio trêmulo.

– Bom dia Eduardo! Bom dia Papai!

– Bom dia filha!

– Sente-se aqui conosco, querida!

– E a minha avó, não vai tomar café com a gente?

– Ah, ocê sabe que mamãe não gosta de acordar cedo – sorriu o velho.

– E o que temos para o café meu Pai? – perguntou Maria Clara, sentando-se entre os dois.

– Ah minha filha, um monte de coisas. Aqui é tudo farto. Tem até daquela macaxeira que ocê adora.

– Êba! Macaxeira – disse Maria Clara bastante animada.

– Sim, como muito que é pra ficar bem coradinha.

Sem perder tempo, ela puxou um prato para si e pôs dois pedaços de macaxeira. A julgar pelo vapor que subia, ainda estava bastante quente. Eduardo observou Maria Clara tentando esfriar um pouco o alimento, soprando-o violentamente, com um pouco de repudio. Fez cara feia – talvez fosse sua aparência normal – e rejeitou o tubérculo radicular rico em amido quando sua jovem noiva lhe ofereceu.

– Desculpe amor, mas vou comer apenas uma destas laranjas. Não posso comer muito, tenho facilidade para engordar você sabe... Não vai querer um marido gordo não é? – respondeu com um pseudossorriso no rosto.

– Ah não seja bobo! Isso não engorda. Experimente! – disse Maria Clara levando a colher com um pedaço do alimento em direção à boca de Eduardo.

Dessa vez o rapaz não desdenhou.

Ninguém, absolutamente ninguém, em perfeito juízo, rejeitaria algo vindo de Maria Clara. O poder de persuasão da moça chega a ser intrigante até mesmo para os maiores especialistas em psicologia e áreas afins. E não seria justo para com ela dizer que isso se deve única e exclusivamente ao fato de ter uma beleza exterior irresistível, pois além de um corpo que, podemos dizer, beira a perfeição, Maria Clara possui uma inteligência acima da média, o que lhe permite um raciocínio extremamente rápido e bem trabalhado.

Seu Antunes não parecia muito contente em presenciar aquela cena. Na verdade não estava nem um pouco jubiloso. Denotava um ciúme excessivo em relação a sua filha, embora às vezes preferisse não demonstrá-lo. Naquele exato instante, só ele mesmo sabia o esforço descomunal que se viu obrigado a fazer para que não cortasse a garganta de Eduardo com a mesma faca em que descascava uma laranja, enquanto o via trocar afetos com Maria Clara.

Mas o velho Bavariano preferiu acalmar-se. Sabia que sua filha, embora ele não gostasse da ideia, tinha um grande afeto por aquele rapaz e lá fundo – bem no fundo mesmo – sentia-se de certa forma aliviado ao lembrar que pelo menos o sujeito era de boa família e possuía uma conta bancária considerável.

Ficaram os três a saborear o rico café da manhã em silêncio até que Maria Clara, com sua simpatia indelével, quebrou o gelo.

– Então pai, será que o rapaz de ontem já está aqui?

Seu Antunes por um momento parou de mastigar, encarando a moça com um ar de decepção.

DESVENTURAS DE ZÉ DOCA

– Aquele muleque marrento? Zé Doca? Ora filha, eu lá sei daquele cambita seca. Inda tô achando que fiz besteira em num matar aquele cabra. Pense num fuleiro cheio de enrolada...

– Mas não é possível pai. Que pensamento é esse? Matar um pobre coitado?

– Olha querida, eu concordo com seu pai. Com essa gente não se brinca – disse Eduardo.

– Que mal ele pode lhe fazer meu pai? E depois tudo será resolvida numa competição onde vencerá o melhor, e o senhor é o melhor não é?

– Mas claro que sou minha filha! Pergunta lascada de besta...

– E outra, vamo mudar de assunto que eu já perdi foi o apetite – prosseguiu Seu Antunes.

– Concordo plenamente – discursou Eduardo.

– Tudo bem! – disse Maria Clara, com uma aparência ligeiramente contrariada.

– E ainda vô bota um capanga na cola dele pra mó de num sumir nenhum cavalo daqui – finalizou o velho.

– Eita pai mas que besteira sua. O rapaz não me parece ser desse tipo. Ele tem bom coração, percebi isso.

– Maria Clara como sempre ao lado dos fracos e oprimidos. Se eu não te conhecesse diria que estás interessada naquele sujeito fétido... – questionou Eduardo demonstrando certa insatisfação com aquela conversa toda.

– Mas que baboseira. Assim você me ofende amor – respondeu ela, um pouco desconsertada.

– Vamo parar com isso de uma vez! Tô indo da umas volta na fazenda que essa conversa da moléstia já me embrulhou o estomago – disse Seu Antunes furioso, dando um soco na mesa, já erguendo-se da cadeira.

Maria Clara e Eduardo não deixaram escapar um ruído sequer. Ficaram pálidos. Talvez por medo, talvez porque já o fossem naturalmente.

– Venha comigo Eduardo, quero lhe mostrar umas coisas.

– S- sim senhor.

– Você não vai amor? – perguntou

– Ainda tenho umas coisas pra fazer aqui, mas depois me encontro com vocês.

– Tudo bem, mas não sei se aguentarei de saudades até vê-la novamente – continuou Eduardo sorridente.

– Ah! Não seja dramático, é só um tempinho... – completou Maria Clara, também sorridente.

Os dois se abraçaram em tom de despedida. Ainda passou pela cabeça de Eduardo beijar a moça, mas, ao ver que o velho os observava, achou a ideia arriscada e desistiu.

Seu Antunes virou-se em direção a porta.

– É... Seu Antunes?

– Diga rapaz!

– Será que eu poderia usar seu telefone?

– Mas é claro, rapaz. Fica ali na outra sala, num se acanhe não, pode ficar à vontade. Eu vô esperar pelo lado de fora, só não me demore muito que o minuto é caro.

– Pode deixar Seu Antunes.

Eduardo, sem perder tempo lançou-se em direção ao compartimento fronteiriço. Era uma sala de estar generosa, de aspecto fatigado. A não ser por ocasião de alguma visita ilustre, raramente se via gente por lá. Por conta disso, Seu Antunes adotou o espaço como sua área privativa para aspirar um bom fumo, enquanto contava algumas de suas cédulas com números impressos. Nas extremidades havia diversas cadeiras organizadas em pares além de dois estofados extremamente grandes de cor avermelhada. Ao centro podia-se notar uma espécie de aquário, o que era perfeitamente normal, devidamente preenchido com agua, o que também o era, habitado por uma dúzia de esqueletos de bovinos, o que não era nada normal.

Eduardo avistou o aparelho telefônico no canto esquerdo, sob uma pequena mesa perfeitamente arredondada. Aproximou-se vagarosamente até alcançar uma distância satisfatória para que pudesse puxar o aparelho do gancho sem muito esforço. Digitou alguns número enquanto olhava para todas as direções cautelosamente.

Trim – Trim. O telefone chamou.

– Gabinete do Deputado Chico Sá, bom dia! – disse a voz no outro lado da linha.

– Maíra, passa para o meu pai.

– Senhor Eduardo? Ah, sim, claro... Irei transferi-lo agora mesmo.

Passou-se alguns instantes em silêncio. O rapaz aproveitou para conferir o local novamente.

– Olá filho! – disse a voz.

– Oi pai!

DESVENTURAS DE ZÉ DOCA

– Como tem passado aí neste lugar sórdido?

– Dá para aguentar mais alguns dias.

– Fico feliz por isso.

– Tenho certeza de que fica – respondeu Eduardo.

Os dois se puseram a rir por um instante.

– Então... alguma novidade, filho?

– Bem, ontem rodeei um pouco a área, mas devido a alguns incidentes não houve tempo para que a leitura do aparelho fosse finalizada com êxito.

– Eduardo, você sabe que não podemos perder mais tempo. O nosso futuro está em jogo, não podemos nos dar ao luxo de cometermos erros dessa vez.

– Sim pai, eu sei disso. Mas não se preocupe, estou indo agora mesmo visitar o resto das terras, e assim que eu identificar o local, lhe envio os dados para análise. Se os dados se confirmarem eu já sei o que tenho que fazer meu pai.

– Que bom Eduardo. Confio muito em você, não esqueça disso.

– Obrigado pai.

– Esta é a nossa última cartada, não vá desperdiçá-la.

– Pode deixar, não vou lhe decepcionar...

– Eu sei que não vai.

– Então espero por um novo contato seu.

– Será o mais breve possível.

– Até mais filho!

– Bom dia Pai!

Tum – Tum.

O contato foi cancelado.

Eduardo, com um semblante extremamente satisfeito, seguiu ao encontro do Sr. Antunes.

Nesta mesma ocasião surgiu uma outra pessoa, também ao encontro do velho.

– Sinhôzinho.

– Diga lá homi.

– Aquele rapaz, Zé Doca, já está cá.

– Humpf... – resmungou Seu Antunes – Pois trate de ficar na cola dele!

– Sim sinhô patrão!

Noutro canto daquelas terras, Zé Doca já fatigado pela longa trajetória que acabara de percorrer, descansava um pouco sob a sombra de um cajueiro próximo ao curral dos Bavarianos, o qual já conhecia muito bem.

Estava um pouco ofegante, mas ainda sim animado. A visão da bela Maria Clara, que permanecia inalterada na sua memória, lhe transformava por completo. Estava decidido a esquecer todos os eventos desastrosos os quais protagonizou e viver intensamente cada dia, como se fosse o último. Certamente na situação em que o rapaz se encontrava, comum à sua própria vida azarada, qualquer dia poderia ser o seu último. Seu Antunes estava por um fio com o pobre e, mesmo que não lhe matasse antes, era pouco provável que sobrevivesse ao duelo marcado. A razão disse era muito simples: Zé Doca nunca montou em um cavalo.

Quando afirmamos isto, evidentemente incluímos aí aquela vez em que tentara subir em um destes equinos e que culminou na queda de Maria Clara e mais uma ameaça de morte a ele próprio.

Tinha descansado por não mais que dez minutos, até resolver levantar.

Hesitou por um instante e seguiu em direção ao curral.

– Alto lá, Zé Doca! – disse uma voz.

Era um dos crioulos da fazenda. O mesmo que tinha alertado Seu Antunes sobre a chegada do jovem. Tinha pra lá de dois metros e um porte físico invejável. Trajava uma camiseta de manga curta, totalmente desabotoada e uma calça de seda, meio velha além de um chapéu de palha que tentava acomodar-se a sua cabeça, o que não era uma tarefa muito simples tendo em vista as dimensões dela. Se o tamanho da sua inteligência fosse proporcional ao de seu crânio ele certamente não estaria ali naquela fazenda, servindo as vontades do Sr. Antunes. Não fosse pelo excesso de melanina, poderia ser facilmente confundido com o "Cabeça de cuia", garoto da lenda local.

Mas, ao que parecia, o que lhe sobrava de caixa óssea superior, lhe faltava de cérebro. E como se isso não já lhe fosse castigo suficiente, ainda faltavam-lhe os dedos indicadores de ambas as mãos, razão pela qual não portava armas de fogo. Por outro lado desenvolveu uma incrível habilidade com armas brancas e, talvez isso tenha pesado muito na escolha de Seu Antunes sobre quem ficaria vigiando Zé Doca.

– Que- quem é vo-você? – indagou o jovem.

– Ô sô Evaldo, um dos criado da fazenda. tô incarregado de ficar de olho em ocê – respondeu, já saltando do cavalo que o acompanhava.

– Ficar de olho em mim?

DESVENTURAS DE ZÉ DOCA

– É sim sô. E é mió num tentar nenhuma esperteza comigo não que já tô sabendo o tipo de sujeito q você é, cheio de enrolada.

– Mas, Oxi, e eu lá preciso de macho me vigiando?.

– Ordens do patrão. Daqui num arredo o pé.

Zé Doca desanimou por um instante. Não lhe agradava nem um pouco saber que todos os seus passos estariam sendo vigiados. Uma privação total de liberdade. Viu um de seus direitos fundamentais serem violados explicitamente. Pensou em recorrer à Justiça, mas lembrou-se que a mesma -ao menos–em Aqui-Perto funcionava apenas para os mais poderosos e desistiu da ideia.

– Intão vô cá pegar o cavalo…

– Epa! Nada disso, ocê num entre aí não. A bagunça que cê fez ontem soltando os bicho me deu um trabalho da moléstia. Deixe que eu pego o cavalo pra ocê – disse Evaldo enquanto se aproximava do curral.

Evaldo fitou os olhos em todos os equinos que estavam ali e embora tivesse algumas dezenas deles o rapaz não parecia preocupado. Estava familiarizado com aquela situação. Ele próprio era quem levava os animais para o pasto no início da tarde e os trazia de volta ao curral ao escurecer todos os dias. Precisaria apenas de um, então, ao que tudo indicava, seria uma tarefa extremamente fácil.

Certamente foi.

O capanga sem perder tempo, capturou o primeiro que viu, com uma experiência de deixar Zé Doca admirado. O animal não esboçou nenhuma reação, demonstrando uma certa familiaridade com o crioulo. E os dois abandonaram tranquilamente o curral.

Zé Doca estava boquiaberto. Lembrara com desânimo que sua recepção ali, no dia anterior, não fora nem de longe parecido com aquilo que visualizava naquele momento.

– Este aqui tá bom demais pra ôce – disse Evaldo, dando uns tapinhas nas costas do cavalo.

Zé Doca olhou ligeiramente equino. Nada foi dito.

Depois olhou novamente e, para sua surpresa, ele conhecia o animal.

Era o Mangalarga machador. Aquele responsável – ao menos Zé Doca gostava de pensar assim – pelos últimos incidentes bizarros ocorridos naquelas terras.

Talvez o fato de em meio a dezenas de equinos ligeiramente semelhantes, aquele ter sido justamente o escolhido, fosse um sinal dos céus para o jovem, ou talvez apenas mera gozação do destino. Seja lá o que fosse Zé Doca estava disposto a encarar aquele desafio. Animou-se novamente. Sentiu-se forte, decidido.

– Tudo bem, não tem problema – respondeu o jovem.

– Acho bom mesmo – completou Evaldo.

Zé Doca aproximou-se do animal, ou o oposto. Tanto faz. Como diz aquela máxima matemática "a ordem dos fatores não altera o produto".

O Jovem então segurou-lhe com convicção encarando Evaldo, que estava poucos metros à frente impossibilitando Zé Doca de ver o horizonte. Na verdade, qualquer que fosse a pessoa que estivesse diante de Evaldo, parado, bem próximo, certamente não enxergaria nada além de seu corpo robusto e sua cabeça colossal.

O capanga fez-se de desentendido por uns dois minutos. Este foi o tempo que levou para que a pergunta percorresse toda a extensão do seu crânio até chegar ao cérebro possibilitando uma resposta satisfatória:

– É... acho que isso eu posso inté fazer.

Dirigiu-se então ao tronco do cajueiro e encostou-se a sua sombra. Zé Doca ainda não parecia satisfeito com a distância que os separava, mas sabia ser mais inteligente naquele momento ficar em silêncio. Deveria manter o foco e treinar severamente se quisesse continuar respirando por além daquela semana.

Decidira que transformaria aquele cavalo que outrora observava com desconfiança, em seu maior aliado e numa tentativa de tornar-lhes mais íntimo, o jovem resolveu por um nome no equino.

A forma arbitraria com que o jovem escolheu o nome do quadrúpede, bem como a própria escolha certamente não agradaram o animal, que ao ouvi-lo pela primeira e resmungou copiosamente.

– Vamo lá Espoleta!

Evaldo ao ouvir isto, deixou escapar algumas leves gargalhadas de canto de boca, o que era perfeitamente plausível. Mas quem não riria?

Até mesmo este humilde narrador que vos fala não pode conter-se perante tamanha falta de criatividade. De fato há muito mais coisas inseridas na mente obscura do desafortunado Zé Doca do que nossa vã filosofia possa conhecer.

– Espoleta, eu vou subir em cima de ocê, mas num vá me derrubar de novo não, visse?

DESVENTURAS DE ZÉ DOCA

O animal silenciou. O garoto então fez um sinal da cruz, olhou para os céus pedindo proteção e –principalmente– coragem, antes de pular sobre o animal.

– Consegui! – disse ele em bom tom.

Certamente ele conseguiu. Estava muito feliz, afinal, era apenas o primeiro dia de treino e já conseguira se equilibrar sobre aquele mangalarga, agora conhecido como Espoleta. A emoção foi tamanha que o rapaz ainda tascou dois beijinhos na testa do bicho, seguidos de alguns tapinhas inofensivos. Evaldo observou a cena totalmente alheio. A única reação que tivera foi baixar um pouco o chapéu, depois de muito esforço, de modo a tampar os olhos, quase que como se quisesse tirar um cochilo.

Passado o breve momento de felicidade exacerbada, o rapaz recuperou-se. Estava ciente que aquele feito era apenas o primeiro passo de muitos outros que ainda lhe restavam. Teria que continuar trabalhando duro, afinal de contas, domar o quadrúpede em movimento não seria das mais fáceis tarefas e embora ele soubesse disso estava convicto de seu triunfo.

Estava imaginando um jeito de fazer o animal movimentar-se. Deu uns chutes com o pé direito no estômago do animal, e nada. Outro chute e nada. Mais outro e nada.

Não deu certo.

– Não é assim Zé Doca! – disse uma voz

A figura de Maria Clara Bavariano surgiu imponente, perfeitamente montada sobre um cavalo. A beleza era tanta que chegava a ofuscar os raios de sol. Zé Doca ficou abobalhado. Evaldo, ainda encostado ao cajueiro, ergueu um pouco o chapéu e, ao reconhecer o semblante da moça, tratou de levantar-se rapidamente.

– Senhorinha? O que qui ocê tá fazendo por aqui? – indagou Evaldo meio desajeitado.

– E eu não posso andar pelas terras de meu pai não, Evaldo? – disse a moça, com um belo sorriso entre os lábios.

– Claro que pode, dona Clara!

– Não me chame de "Dona", faz eu me sentir mais velha... – completou ainda rindo.

– Perdão, sinhorita.

A moça olhou para Zé Doca que estava até então totalmente paralisado, apenas fitando a moça com os olhos sem nenhuma cerimônia.

– Mas, oxi, Sinházinha Maria Clara? Que surpresa da gota de boa. – disse Zé Doca, pulando do cavalo rapidamente e ajoelhando-se ao chão numa espécie de saudação.

– Ora pare com isso Zé Doca, só estou de passagem... – falou ela, gesticulando para que ele levantasse.

– E a que devo a honra da visita? – perguntou o rapaz aproximando-se de Maria Clara.

– Alto lá rapaz, num encoste muito não se não lhe arranco as tripas. – gritou o capanga.

– Está tudo bem Evaldo, não se preocupe.

Zé Doca encarou Maria Clara por mais alguns instantes. O crioulo não estava gostando nem um pouco daquilo.

– Então... Vejo que já aprendeu a montar um cavalo...

– Ah, pois num é verdade sinhá? inté que num foi muito difícil não.

– Quem bom, fico feliz por você.

– Brigado, moça.

– Mas eu percebi, quando tava chegando, que você não sabe colocar o cavalo pra correr não é mesmo?

– Ah... pois é... – disse o jovem, já sem aquele ar galanteador.

-Hum... eu tava pensando... já que estou aqui talvez eu possa te ajudar um pouco com isso...

– Se- Serio? – questionou Zé Doca, sem deixar a moça completar o raciocínio.

– Sim! mas não posso demorar muito viu, tenho outros compromissos para logo mais.

– Com licença senhora, acho que seu pai não vai gostar nada de saber que ocê tava labutando com esse sujeito aí... – intrometeu-se Evaldo.

– Ora Evaldo, não custa nada ajudar. e depois não precisa nem ele saber que estive aqui, não é mesmo?

– É S-Sim sinhora.

– Então Zé Doca, aceita minha ajuda?

– Mas, oxi, claro que sim, pelo tempo que quiser – respondeu, encantado.

Seu Antunes, que naquele momento sequer suspeitava do paradeiro de sua filha, estava a alguns quilômetros da sua mansão, nos confins de suas inacabáveis terras. . A região era encoberta por blocos de areia grossa, o que dificultava em muito a travessia. O velho seguia acompanhado por – além de seu animal de confiança – seu genro, que ainda não lhe era de tanta confiança quanto o cavalo.

Exibia com orgulho detalhadamente cada passo do imenso solo por qual percorreram. Enchia o peito de ar ao dizer que aquilo tudo lhe pertencia. Eduardo, embora concordasse que as posses de Seu Antunes fossem um tanto quanto exageradas, permanecia indiferente. Às vezes dava a impressão de que sequer ouvia as baboseiras do velho. Às vezes realmente ele não ouvia.

De repente percebeu-se um ruído semelhante ao som produzido por um apito.

Seu Antunes parou instantaneamente. Eduardo meteu a ao no bolso esquerdo da sua alça e fez alguns movimentos, momento em que o barulho cessou.

– Que Diabos foi isso? – perguntou Seu Antunes observando o céu, em busca de algum pássaro

– Hã? O que Sr. Antunes?

– Esse barulho. Ocê num ouviu não?

– Ba-Barulho? Não... num ouvi nenhum barulho... – disse Eduardo, demonstrando-se um tanto quanto nervoso.

– Ora, mas num é possível. Tenho certeza que ouvi. Num tô ficando doido.

– E-Eu não quis dizer isso senhor, apenas eu realmente não ouvi barulho algum. Sinceramente acho que deveríamos esquecer isto.

– Verdade garoto, vamos em frente que ainda tenho muito pra lhe mostrar.

Seu Antunes olhou mais uma vez para o céu, meio desconfiado, e seguiu seu percurso. Eduardo esperou o velho distanciar-se e enfiou novamente a mão no bolso da sua calça. Dali tirou, com uma certa dificuldade, um pequeno objeto.

O objeto tinha as dimensões e formatos de um rádio, mas não era um rádio, e uma pequena antena, semelhante a aquelas encontradas em aparelhos celulares, mas não era um aparelho celular. Possuía um display em tela de cristal líquido com alguns botões inseridos e, ao fundo, via-se claramente a escrita "Companhia de Minérios Sá e Associados".

Eduardo pressionou o botão central por alguns segundos, observando cautelosamente os rastros de Seu Antunes, que já seguia em uma distância considerável. Logo após, surgiu no visor do aparelho uma pequena barra que tomava conta da tela conforme o tempo passava.

O rapaz estava impaciente. Deu alguns pontapés no cavalo sobre o qual estava, e tornou a olhar o visor do aparelho. Enxugou um pouco as gotas de suor que escorriam de sua fronte, não se sabe se pelo excesso de calor, ou devido a seu próprio nervosismo. Talvez um misto dos dois.

Seu Antunes, após um período de tempo plausível, percebeu que Eduardo havia ficado para trás e não gostou nem um pouco.

– Vamos homi! Se avexe cá que ainda num vimo nem a metade das coisas que quero mostrar pra ocê – esbravejou Seu Antunes.

J-Já Va-Vai Seu Antunes... – respondeu o rapaz com a voz trêmula.

Olhou para o visor mais uma vez. A barra tinha completado toda a extensão da tela. Um pouco acima notava-se alguns símbolos, além de uma frase que dizia " Transferência de dados concluída"

– Ufa! Finalmente – exclamou Eduardo.

O Rapaz colocou o aparelho no mesmo bolso do qual retirara e seguiu ao encontro de Seu Antunes.

CAPÍTULO 11

O aparelho patenteado pela *Companhia de Minérios Sá e Associados* era de um cunho tecnológico sem precedentes. Estima-se que os gastos realizados para a sua concepção ultrapassam a cifra dos milhões. Mesmo com tamanho investimento, o objeto não se encontrava à venda: era de uso exclusivo da empresa. Mas, porque uma empresa essencialmente privada investiria milhões em um produto que sequer colocaria a disposição do consumidor? Há algum sentido nisso tudo?

A resposta é de fácil entendimento.

O aparelho em questão foi desenvolvido por cientistas e pesquisadores das mais diversas partes do globo. Embora a equipe fosse composta por profissionais altamente conceituados, não foi uma tarefa das mais fáceis. Foram vários anos de pesquisa e trabalho árduo nos laboratórios mais secretos da Companhia até que conseguissem alcançar o resultado almejado.

O objeto, batizado carinhosamente de "Galinha dos Ovos de Ouro" era na verdade um detector de fontes minerais, mais especificamente um detector de Petróleo.

Embora o petróleo, aquela substância oleosa, encontrada no subsolo, em profundidades absolutamente variáveis seja um recurso natural abundante e a principal fonte de energia da atualidade, sua pesquisa envolve elevados custos e complexidade de estudos.

Para a Companhia, que já era tida por muitos executivos e críticos da mídia como uma empresa falida, não lhes custavam nada arriscar todo o montante que ainda lhe sobravam investindo em algo que poderia lhes trazer o retorno necessário para o seu improvável ressurgimento. O petróleo talvez fosse a única saída. Encontrá-lo utilizando os meios já conhecidos seria uma atividade um tanto quanto penosa, para não dizer arriscada. Preferiram então criar seu próprio equipamento.

Os primeiros testes feitos com o *Galinha dos ovos de ouro* já exibiam resultados satisfatórios aos membros da Companhia. O déficit transformava-se aos poucos em superávit.

Mas quando tudo parecia estar bem, a fonte de onde retiravam o mineral, que não era das maiores, esgotou-se. Os membros do

Conselho Interino, presididos pelo seu sócio majoritário, o ilustre Deputado Sá, convocaram novamente os cientistas responsáveis pelo desenvolvimento do aparelho, além de um grupo de geólogos Judeus, que anos atrás haviam conseguido fugir dos campos de concentrações alemães. A ordem agora era identificar, através de um estudo histórico e geográfico aprofundado, locais onde poderiam haver possíveis focos de fontes gigantescas de Petróleos.

Concluíram por unanimidade que a área ao extremo norte do Estado do Piauí, que em outros tempos já estivera totalmente submergida pelo Atlântico, seria a primeira estudada, tendo em vista as fortes evidências de camadas de petróleo na região. Sobrevoaram a superfície norte do Estado e fizeram um mapeamento para que estudos mais aprofundados fossem possíveis. Quando o Conselho Interino reuniu-se novamente, não lhes restavam mais dúvidas; a fonte de petróleo, aquele que poderia lhes render lucros exorbitantes e tirar-lhes da situação precária por qual passavam, estava localizado em uma cidade interiorana, a qual foi apelidada, pela duvidosa capacidade intelectual de algum ser bizarro, de Aqui-Perto.

Pronto! O problema finalmente parecia estar resolvido. A euforia foi tanta que os sócios da Companhia, para comemorar o momento jubiloso, brindaram numa festa extravagante que começou na mansão de um dos acionistas da empresa e foi terminar, não se sabe como, em uma boate LGBT na zona sul de São Paulo.

Mas faltava ainda uma grande questão a ser solucionada. Como a Companhia conseguiria entrar naquele território de modo que não gerasse conflitos que porventura viessem a expor seus planos e, por conseguinte arruinar-lhes de uma vez por todas?

O deputado dirigiu-se então a Brasília com o intuito de cobrar alguns favores políticos de um bando de Senadores corruptos. Chico Sá era um deputado muito prestigiado pela classe política. Sua influência escorria sobre boa parte do Congresso, e ainda respingava com certa força pelas Casas Ministeriais. Como se era esperado, os Senadores elaboraram um documento que permitiria a Sá e a Companhia explorarem aquelas terras. No entanto, antes de encerrar a votação, o relator da sessão, ao analisar mais profundamente os documentos que lhe foram apresentados, descobriu que as terras sobre as quais a empresa queria estabelecer-se eram de propriedade da ilustre família Bavariano. No mesmo instante em que se deu a descoberta o relator rasgou o documento, encerrou a sessão e determinou que todos os Senadores retornassem as suas residências.

DESVENTURAS DE ZÉ DOCA

O Deputado irritou-se profundamente, embora soubesse que não podia fazer nada no momento. A bem da verdade, naquele momento, estava de mãos atadas. Não havia a quem recorrer. E quem seriam esses Bavarianos que, mesmo sem conhecer, já os odiava tanto? Se eles eram tão poderosos assim como faria para adentrar nos seus territórios?

Decidiu estudar toda a genealogia dos Bavarianos, suas histórias, feitos, etc. Passado-se um mês e ainda sem obter nenhuma solução para o caso, um espião recém-contratado avisou-lhe que o velho possuía uma filha residindo na capital do Estado. A notícia mudou os ânimos do Deputado. Agora ele tinha um plano. Um plano que talvez funcionasse.

Foi neste momento que surgiu a figura de Eduardo Afonso de Sá.

CAPÍTULO 12

Já contava para mais de meia hora que Zé Doca, Evaldo e Maria Clara encontravam-se ali. O sol sempre impiedoso nesta época do ano era quase um convite à retirada ao qual os jovens recusavam-se incansavelmente atender.

A esta altura Maria Clara já havia percebido que a tarefa de doutrinar o desventurado rapaz nas suas lições de equitação seria extremamente exaustiva, um fardo que talvez ela própria não pudesse suportar.

Não que Zé Doca fosse de absoluta incompetência. A verdade é que a beleza dela, aliada à sua simpatia irradiante deixavam o pobre totalmente alienado. É possível que ele errasse propositalmente os exercícios somente para ter o prazer de ficar mais tempo perto da moça, refazendo-os.

– Não é assim Zé Doca, tem que bater um pouco mais para trás – disse Maria Clara.

– Mas, oxi, eu bati, o bixo é que num quer andar... – respondeu Zé Doca.

– Vou te mostrar novamente – disse a moça, aproximando-se do rapaz devidamente montada em seu cavalo.

– Agora preste atenção, esta é a última vez que lhe ensino – continuou, enquanto passeava a mão por seus lindos cabelos sedosos.

Zé Doca balançou a cabeça fazendo um sinal de positivo, mas sem tirar o foco da moça.

– Você tem que olhar para meu pé, não para meu rosto.

– Ah S-Sim, claro!

Maria Clara ergueu um pouco a perna direita tomando cuidado para que dessa vez o jovem realmente aprendesse. Zé Doca observava atentamente tentando imitá-la, enquanto Espoleta permanecia indiferente. O rapaz estava totalmente convicto que dessa vez conseguiria. "Isso não é nenhum bicho de sete cabeças" pensava. E certamente tinha razão sobre isso, até mesmo porque em Aqui-Perto (pelo menos lá) não existiam bichos de sete cabeças. De acordo com os registros datilografados, o animal mais bizarro da fauna local de que se tem

DESVENTURAS DE ZÉ DOCA

conhecimento foi avistado nas imediações no primeiro verão da década de sessenta. Era um tamanduá-bandeira incrivelmente grande. Foi motivo de espanto e curiosidade por parte de toda a população da pequena cidade. Não foi pelo fato de possuir duas cabeças e apenas um braço. Tampouco foi por seu belo par de asas ou pelos sapatos que calçava. O motivo da euforia e inquietação que tomou conta de todos era o simples fato de aparecer um tamanduá ali, naquela região. Na verdade ninguém sabia que se tratava de um tamanduá, pois ninguém nunca os tinha visto antes. Pensaram inclusive tratar-se de um tipo de alienígena e os mais curiosos adentraram o matagal nos arredores da cidade na esperança de encontrarem algum disco voador. Muitos dos cidadãos Aquipertenses ficaram frustrados quando uma equipe de pesquisadores do IBAMA apareceu e resolver levar o animal a fim de realizarem alguns experimentos científicos.

Naquele mesmo instante em que Maria Clara ergue suavemente a sua perna transluzente, Evaldo tornava a encostar-se ao tronco do cajueiro.

Ainda naquele mesmo instante surgiu aparentemente do nada, uma serpente, aparentemente velha, rastejando sobre a areia, indubitavelmente quente. Era uma jaracuçu-do-brejo, espécie pouco comum na região. Evaldo, com sua visão apurada, foi o primeiro a perceber o réptil, que seguia em direção à Maria Clara.

– Eita diaxo! Cuidado com a cobra sinhazinha! – gritou Evaldo correndo em direção à moça.

Maria Clara virou-se espantada.

– O quê? Uma cobra? Onde?

– Bem ai na sua frente!

– Valha-me Deus!

Quando a moça se deu conta, a serpente já estava bastante próxima. O medo era tamanho que ela mal conseguia se mexer. O cavalo sobre o qual se encontrava, tão logo percebeu a presença do animal rastejante assombrou-se imensuravelmente. No susto, o equino levantou as duas patas dianteiras de modo a quase derrubar Maria Clara, não fosse sua agilidade ao segurar o animal pelos cabelos.

– Cuidado sinhá! – berrou Zé Doca extremamente preocupado.

O cavalo de repente saiu em disparada sentido contrário ao local que o réptil surgira.

– Meu Deus! Socorro! – gritava a moça.

– Sinházinha Clara! – gritava Zé Doca preocupado.

Mas o pobre rapaz não tinha tempo para se preocupar com Maria Clara. Isso porque Espoleta ao perceber o que estava acontecendo também desembestou no mesmo sentido.

– Valha-me meu Padim Ciço!

– Eita que danou-se! Num posso deixar nada acontecer a sinházinha se naum eu me lasco com o Sô Antunes – disse Evaldo.

O crioulo correu em direção a seu cavalo, que ainda permanecia alheio àquela situação. Estava amarrado próximo ao curral comendo tranquilamente um pouco de capim que ainda sobrevivia na areia. Sem perder tempo pulou sobre o animal e cortou a corda que o prendia ao cercado com uma das facas que trazia consigo escondidos na blusa.

Olhou para frente e avistou apenas dois pontinhos negros sumindo no horizonte.

– Eita diaxo! Xô ir logo antes que aconteça alguma disgraça – disse ele enquanto aplicava alguns chutes no cavalo.

Algumas dezenas de metros à frente a situação era de total desespero. Maria Clara bradava histericamente, ao que Zé Doca respondia com uns gritos mais ensurdecedores ainda. Era difícil perceber qual dos dois naquele momento denotava mais pavor.

Zé Doca preocupava-se em segurar-se firme ao animal, o que era uma tarefa peculiarmente difícil tendo em vista a velocidade com que o mesmo trafegava. Preocupava-se ainda, na mesma medida, com a doce Maria Clara, embora ela, ao menos naquele momento, não estivesse dando a mínima para ele. Não que a moça fosse uma pessoa má ou egoísta, mas numa situação daquelas, onde sua própria vida está em iminente perigo, empatia não seria um sentimento um tanto quanto plausível.

– Socorro! Socorro! – gritava ela já perdendo a voz.

– Sinházinha Maria Clara! Espere que ô vô lhe salvar! Confie em mim, está tudo sob controle – bradou Evaldo meio distante.

Maria Clara não ouviu o que Evaldo disse. O medo que apossava do seu âmago não a deixara escutar. Se ouvisse também certamente não concordaria com o crioulo.

A situação não estava nem de longe sob controle. Na verdade as coisas só pioravam à medida que o tempo passava. A cada novo solavanco uma nova tentativa desesperada de segurar-se sobre o animal. Uma queda daquela altura, naquela velocidade, certamente se não levasse a óbito, deixaria sequelas no mínimo duradouras.

DESVENTURAS DE ZÉ DOCA

Num dado momento, o cavalo, cada vez mais rápido, pulou sobre um pedaço de madeira largado ao chão. O impacto foi forte, Maria Clara desequilibrou-se e deixou escorregar sua mão esquerda. Seu corpo foi violentamente lançado de encontro ao dorso do cavalo.

– Ai! – gritou ela.

Zé Doca, que seguia um pouco atrás, não estava em uma situação tão ruim quanto à moça. Já conseguira se firmar sobre Espoleta e de certa forma já se sentia seguro em cima do animal. Seu intento maior naquele momento era procurar de alguma forma ajudar a moça. Não seria uma tarefa simples, e ele sabia disso. Sentiu-se um ser desprezível, totalmente apático,. Observava a angustia de Maria Clara, mas nada fazia.

Mas o que ele poderia fazer?

Começou a pensar.

Pensou. Pensou. Pensou. Pensou.

Foi então que percebeu que apenas pensar não resolveria o problema. Decidiu agir.

– Vamo Espoleta ! Aperta o passo homi! – gritava ao animal.

Espoleta apenas corria desesperadamente. Não dava ouvidos a Zé Doca. Estava visivelmente assombrado, talvez até mais que Maria Clara.

Naquele mesmo instante, um pouco mais atrás, Evaldo, com aqueles mesmo olhos apurados que instantes antes perceberam a serpente responsável pelo terrível incidente no qual estavam metidos, notou uma silhueta ao horizonte.

– Eita diaxo! Sinhazinha larga desse cavalo! – gritou Evaldo nitidamente preocupado.

Porém, por mais alto que ele gritasse ela não ouviria. Maria Clara estava muito distante de Evaldo. Zé Doca, que não estava tão distante do crioulo, ouviu suas palavras com atenção, e preocupou-se mais ainda.

– O quê? O quê que tá acontecendo Evaldo? – perguntou Zé Doca, fazendo um esforço descomunal ao tentar olhar para trás sem perder o equilíbrio sobre o equino.

– Ela tem que pular do cavalo!

– O quê? tá maluco homi?

– O cavalo dela…

– O quê que tem o cavalo?

– Está indo em direção a Central de Energia da fazenda!

Zé Doca ainda pensou falar algo, mas quando digeriu aquela frase que acabara de escutar engoliu a voz e virou-se para a frente lentamente.

A Central de Energia é uma instalação elétrica de alta potência contendo vários equipamentos que são responsáveis pela transmissão, distribuição, proteção e controle da energia elétrica da fazenda. Sim, a fazenda possuía sua própria subestação elétrica. Foi construída a muito tempo, antes mesmo da chegada da energia elétrica à cidade de Aqui-Perto. Embora tenha sido gasto milhões na construção da obra, as despesas acabaram por virar lucro. Isso porque, como naquele tempo ainda não havia energia no município, o Sr. José Apolônio Bavariano, pai de Seu Antunes, teve a brilhante ideia de convidar todos os cidadãos a assistirem televisão na sua fazenda. Não houve quem resistisse à novidade. Todos se encantaram com aquele universo totalmente diferente do que viviam. Alguns se perguntavam como pode caber uma pessoa dentro de uma coisa pequena daquelas. Alguns até tentaram entrar no aparelho, em vão. Fizeram fila à porta da fazenda, e a cada dia que se seguia, mais pessoas se interessavam por aquele curioso eletrônico. Contudo, uma semana depois daquele questionável ato de bondade, após as pessoas se viciarem por completo na nova forma de entretenimento oferecido por aquele eletrodoméstico fascinante, o Sr. José Apolônio, autêntico Bavariano que era, desferiu seu impiedoso golpe: Passou a cobrar a entrada das pessoas em sua fazenda. A população estava tão alienada que a medida nem lhes causou espanto, e continuaram a frequentar a fazenda. A grande parte da arrecadação se dava inegavelmente a noite, devido as novelas sensacionalistas que causavam um misto de pavor e euforia em todos. Porém o maior montante arrecadado foi registrado na final da Copa do mundo de 70, quando compareceram, além dos cidadãos Aquipertenses, os moradores de Logo-em-Seguida e alguns outros tantos de Daqui-Não-Passa, em caravanas consideráveis.

A subestação é abastecida com energia proveniente da Capital, por isso, as numerosas quedas de energia que ocorrem na cidade não atingem a fazenda dos Bavarianos. Ocupa uma área de pouco mais de um metro quadrado, consideravelmente pequena, tendo em vista as dimensões padrão de uma subestação de energia, e consideravelmente menor ainda em relação à extensão total da fazenda.

O certo é que a subestação surgiu ao longe, e Zé Doca ao ver aquele amontoado de ferros e cabos de aço entrou em desespero.

– Maria Clara! Cuidado!

DESVENTURAS DE ZÉ DOCA

Desta vez a moça ouviu. Ainda estava de bruços sobre o equino. Levantou a face cuidadosamente, evitando movimentos bruscos.

– O que você disse?

– Olhe a sua frente! – gritou Zé Doca.

Maria Clara, sempre de forma cuidadosa, tornou a virar os olhos para frente.

– Meu Deus! A Central! – disse ela, mais trêmula ainda.

– Pule do cavalo sinhá!

– O quê? tá maluco Zé Doca? Se eu pular morrerei...

– Se não pular é mais certo que ocê morra.

– Então prefiro morrer eletrocutada.

– Pula Sinhá!

– Não pulo!

– Pula!

– Não pulo!

Perante a teimosia que a moça insistia em revelar, Zé Doca sabia que seus esforços para tentar convencê-la do contrário seriam em vão. O único jeito, sabia ele, era alcançá-la e tentar impedir que o pior acontecesse.

– Vamo Espoleta, cê tem de correr mais rápido pra mó de a gente encostar na sinhazinha.

Mas Espoleta não atendeu ao clamor do jovem e continuou na mesma velocidade, com os mesmos passos desordenados.

A imagem da central elétrica aproximava-se cada vez mais. Já se dava até para ver uma placa presa ao portão do local com os seguintes dizeres: "Cuidadu! Perigu de choqui". Evidentemente o pintor que fez aquele letreiro não era um exímio conhecedor das regras gramáticas brasileiras. Todavia devemos solidarizar-nos com o presente momento, indubitavelmente muito tenso para que percamos tempo analisando regras gramaticais ou erros ortográficos de qualquer pintor que seja. Zé Doca estava aflito. Aplicou várias tapas em Espoleta na tentativa de ter seu pedido atendido. Mas todos aqueles esforços eram em vão. O medo de cobras, especialmente serpentes, que todos os cavalos, especialmente Espoleta, alimentavam era muito maior que a dor que sentia ao levar tapinhas.

– Socorro! Socorro! Alguém me ajude! – gritava Maria Clara.

Zé Doca, muito apavorado, tentou lembrar-se dos ensinamentos da bela moça instantes atrás. Olhou para frente e viu a subestação já muito próxima à moça. Levantou a perna direita e afastou-a um pouco para trás, exatamente como a moça havia feito.

– Hum… será que é assim mesmo? – indagava a si mesmo.

– Socorro!

– Não! Deve ser mais pra trás…

– Socorro! Socorro!

– Ah! Lá vai!

– Tum! – fez o barulho.

Zé Doca havia batido com toda violência no estômago do cavalo. Naquele instante a dor que Espoleta sentira parecia tomar proporções maiores que o próprio medo que já se apossara do animal.

Espoleta disparou. O rapaz ainda se desequilibrou um pouco.

– Isso ai Espoleta!

O animal agora seguia impetuoso, cada vez mais rápido, na mesma direção.

– Eita meu Padim Ciço, tem q dar tempo.

Zé Doca, naquele instante, estava tão assombrado com a possibilidade iminente de morte, que resolveu não olhar mais para frente, independente do que acontecesse. Maria Clara por outro lado, fazia questão de encarar o perigo e berrava sem cerimônias.

– Socorro! Socorro! Socorro! – gritava ela, com os olhos fixos na subestação elétrica.

Naquele momento Espoleta já conseguira alcançar a histérica garota. Evaldo, cada vez mais distante, assistia a tudo atentamente, embora não pudesse fazer nada quanto àquela situação. O cavalo sobre o qual galopava era muito velho e por mais que tentasse, não conseguiria igualar-se ao ritmo dos demais.

– Pula sinhazinha! – gritava Zé Doca.

– Não pulo, já disse – respondia, também aos gritos.

– Pula!

– Não pulo!

A subestação estava muito próxima, de modo que sua sombra já respingava sobre os desafortunados jovens. Maria Clara fechou os olhos e se pôs a rezar. Estava certa do seu destino.

O destrambelhado Zé Doca, por outro lado, ainda não se dava por vencido. Inclinou um pouco o corpo para a direita tentando aproxi-

DESVENTURAS DE ZÉ DOCA

mar-se da garota. Percebeu algumas lagrimas escorrendo daquela bela face antes histérica, agora completamente silenciosa. O rapaz ergueu-se um pouco. Recuperou a coragem e tornou olhar para frente. A subestação já estava a não mais que dois metros. Apoiou os pés sobre o lombo do cavalo, fez o sinal da cruz, pegou impulso e saltou. Devido à força que o jovem empregou no salto, Espoleta desequilibrou-se e caiu, sendo arrastado pelo chão empoeirado até conseguir parar, já próximo ao portão. No salto, Zé Doca conseguiu alcançar Maria Clara e agarrou-a. A moça abriu os olhos sem entender o que estava acontecendo. Os dois foram arremessados violentamente de encontro ao solo. Zé Doca foi o primeiro a tocar o chão, amortecendo o impacto sofrido pela moça. A poeira subiu consideravelmente, de modo a esconder os dois.

– Argh!

Pior sorte teve o cavalo de Maria Clara. O pobre arrebentou o portão a toda força e ainda capotou várias vezes arrastando cabos e condutores elétricos que estavam solto pelo chão, antes esbarrar em um dos geradores de energia da subestação. O animal morreu na hora. A cena foi –literalmente– chocante. Mas tudo poderia ter sido muito pior, não fosse o ato de bravura e heroísmo que Zé Doca demonstrou ao se lançar sobre a moça de modo a salvar-lhe a vida.

Instantes depois, logo após a poeira cessar parcialmente, Evaldo conseguiu chegar ao local do incidente. Não esperou nem o cavalo parar totalmente e foi logo pulando, correndo em direção aos jovens. Estava perplexo com aquela cena. Maria Clara estava caída próxima a ele. Zé Doca estava alguns metros mais à frente.

– Sinházinha! A sinhora tá bem? – perguntou Evaldo, sacudindo a moça.

– Ahn? Evaldo? Estou bem sim. Acho que só tive alguns leves arranhões…

– Nossa! Graças a Deus Sinházinha.

– Me ajude a levantar Evaldo.

– Sim sinhora. É pra já – disse o crioulo segurando os braços de Maria Clara.

Maria Clara conseguiu levantar-se. Estava aparentemente intacta, exceto por alguns leves arranhões, como no incidente anterior, quase imperceptíveis. Por outro lado seu vestido estava completamente sujo, mas não pareceu importar-se com isto. Estava preocupada agora era com o jovem que reconhecidamente, acabara de salvar sua vida.

– Cadê o Zé Doca?

– Está ali! – apontou Evaldo.

– Zé Doca! – gritou Maria Clara.

O rapaz estava caído, totalmente desajeitado, com a face virada para o solo. A sua roupa, que já não era das mais conservadas, rasgou-se quase que por inteiro.

– Zé Doca! Levanta daí, vamos!

O rapaz nada respondia. Evaldo então virou-lhe a face para cima. O jovem não esboçava qualquer reação.

– Meu Deus do céu! Nós temos que tirar Zé Doca daqui urgentemente...

CAPÍTULO 13

Já era início de noite na fazenda dos Bavarianos quando Zé Doca recuperou a consciência. A mansão estava totalmente às escuras, exceto por algumas lamparinas que iluminava o local. Não havia energia elétrica no local, muito provavelmente devido ao incidente pretérito. Estava na sala de visitas, aquela mesma utilizada somente em ocasiões especiais. Não que aquela fosse uma ocasião especial, longe disso. Tratava-se apenas de uma feliz coincidência este ser o primeiro cômodo da casa para aqueles que vêm do sentido oeste da fazenda. Sim, porque Evaldo já tinha essa ideia fixa na cabeça quando desceu Zé Doca do cavalo e pegou-lhe nos braços: iria jogá-lo no primeiro lugar que visse. Pior seria se o crioulo tivesse chegado pelos fundos, dando direto com a cozinha.

Num primeiro momento Zé Doca pensou que estivesse morto, mas devido às fortes dores que sentia pelo corpo todo resolveu abandonar a ideia. Pensou também que estivesse em sua casa, mas ao perceber o quão macio era o estofado sobre o qual deitava e as várias pessoas estranhas ali presentes constatou que estava errado.

Mesmo com a vista ainda embaçada ele pôde perceber o semblante de um homem, elegantemente trajado, sentado à cabeceira do sofá. Um pouco mais distante, notou a presença de dois homens com os quais já tivera contato anteriormente: Petrônio e Potrinio.

Maria Clara, no lado oposto ao do homem, ainda desolada, percebeu que o rapaz esboçava os primeiros sinais de vida.

– Ele acordou!

Naquele momento todos que estavam ali, com exceção de Eduardo e o Sr. Antunes, claro, levantaram-se de suas poltronas e foram conferir a notícia bastante curiosos. Dona Isaura, a mãe do velho Bavariano, aproximou-se do rapaz e focalizou os óculos a fim de apurar o fato.

– Zé Doca? Você tá me ouvindo? – indagou Dr. Armando, o médico da fazenda.

– Que diabo aconteceu? Quem é tu?

– Sou o Dr. Armando.

– Oxi! Valei-me. Eu tô no hospital é?

– Não! Ainda está na fazenda do Sr. Antunes.

O rapaz esfregou as mãos pelos olhos na tentativa de desembaraçar um pouco a vista, em seguida levantou vagarosamente.

– Argh! – gritou ele, levando a mão esquerda ao ombro.

– Cuidado! Não faça muito esforço meu jovem. Vamos, sente-se ai.

Zé Doca obedeceu.

– Por sorte não houve nenhuma fratura. Foram somente alguns arranhões, nada de muito grave.

– O que aconteceu dotô?

– Ora, você não lembra? Maria clara nos contou que os cavalos...

– Maria Clara! Cadê ela? Ela tá bem dotô? – interrompeu ele, como se tivesse recuperado parcialmente a memória.

– Estou aqui Zé Doca.

Aquela voz suave que surgiu por detrás do rapaz, chegou aos seus ouvidos como uma espécie de calmante, tranquilizando-o instantaneamente.

– Maria Clara!

– Eu estou bem, não se preocupe. Agora você deve pensar em você que não está lá muito bem.

– Pois é Zé Doca, Maria Clara contou tudo pra gente. Graças a você ela está aqui, viva e saudável.

– Ah... Pois é... – respondeu meio tímido.

– Obrigado por salvar minha neta, filho – disse Dona Isaura.

– Ah, que é isso dona...

Zé Doca tentou levantar mais uma vez. As dores pareciam diminuir conforme o tempo se arrastava. Dr. Armando enfiou a mão no bolso da sua camisa e rapidamente puxou uma pequena cartela ainda lacrada.

– Tome, acredito que ingerindo dois destes comprimidos antes de dormir e mais outros dois amanhã pela manhã você ficará bem – disse o doutor, estendo a mão com a cartela de comprimidos para que o rapaz pudesse pegá-la.

– Brigado dotô.

Naquele momento, Seu Antunes, que até então permanecia alheio a cena, levantou-se de sua poltrona e interrompeu a conversa.

– Bom, então já que tá tudo resolvido vamo comer que já tá é passando da hora.

DESVENTURAS DE ZÉ DOCA

Ao ouvir aquela palavra, a barriga de Zé Doca roncou a uma altura razoável.

– Concordo plenamente Seu Antunes – falou Eduardo, já em pé, ao lado do velho.

– Ocê está convidado a jantar com a gente dotô.

– Agradeço o convite Sr. Antunes, mas tenho que partir, minha mulher me espera em casa. Quem sabe uma outra vez...

– Uma pena. Mas tudo bem, entendo dotô.

– Pois é, acho q tá na hora de eu ir também, minha vózinha deve de tá muito preocupada comigo... – disse Zé Doca, meio tímido.

– Ah! Que é isso rapaz, fique aqui para jantar conosco – falou Maria Clara.

– Ora filha, deixe o rapaz ir embora, além do mais a vó dele deve tá preocupado, num ouviu... – resmungou Seu Antunes.

– Meu pai, oferecer um jantar ao homem que salvou a vida de sua filha é o mínimo que você pode fazer não acha?

– Ô moça – falou Zé Doca com a voz meio trêmula – seu pai tá certo, minha vózinha deve tá morta de preocupada, tenho que ir mesmo...

– Tem certeza? – indagou Maria Clara, encarando o jovem com aquele olhar penetrante que lhe é típico.

Zé Doca titubeou. Evidentemente ele não tinha certeza. A ideia de comer em abundância aquelas iguarias típicas dos nobres que ele jamais experimentara na vida e, principalmente, a possibilidade de sentar-se ao lado de sua musa, lhe agradava muito. Mas mesmo assim, sabia que era mais sensato recusar o convite.

– Te-Tenho moça.

Fez-se um silêncio por um instante. Era visível a felicidade demonstrada pelo sorriso estampado no rosto de Seu Antunes, que fora copiado de forma brilhantemente idêntica por Eduardo, após a negativa de Zé Doca.

– Bem, então nesse caso, já que ambos estamos partindo, posso lhe dar uma carona meu jovem... – disse o Dr. Armando, sempre cordial.

– Brigado dotô – agradeceu, animado por saber que seria poupado daquela aventura que era percorrer o longo e cansativo percurso em direção à cidade.

– Por nada filho. Então vamos?

– Vamos...

– Eu os acompanho até a porta – disse Maria Clara, encantadora como sempre.

E seguiram os três até a porta, que não era lá muito distante, sem trocarem uma palavra. Seu Antunes foi em direção a sala de jantar, juntamente com Eduardo e Dona Isaura, que era guiada pela sonoridade da sua bengala, enquanto os capangas rumaram para a cozinha, local onde fazem suas refeições periódicas. Antes de chegarem ao destino, Eduardo interrompeu o velho:

– É... Seu Antunes?

– Diga rapaz!

– Será que eu poderia utilizar o seu telefone novamente?

– De novo?

– É...

– Tudo bem, vá lá.

– Obrigado!

E Eduardo se foi.

Maria Clara por sua vez, abriu a porta e esperou educadamente Dr. Armando e Zé Doca atravessarem-na.

– Até mais ver minha jovem – disse Dr. Armando.

– Até logo doutor, e obrigado por tudo.

– Não há o que agradecer querida – encerrou, enquanto seguia em direção ao seu carro, estacionado metros dali.

Zé Doca estava calado, cabisbaixo, um pouco abatido. Talvez estivesse cansado, o que seria perfeitamente compreensível, tendo em vista o dia extremamente puxado que teve. Talvez estivesse triste, o que seria tão igualmente compreensível, pois chegara o momento de se despedir da moça que ele tanto estimava, e já contava as horas para vê-la novamente.

Maria Clara encarou-o um pouco, com um sorriso tímido no rosto.

– Obrigado Zé Doca.

– Ah! Que é isso moça... não foi nada.

– Como não? Salvar minha vida não significa nada para você? – perguntou ela, sorrindo.

– É... Não foi isso que eu quis dizer... – disse meio sem jeito.

E os dois ficaram sorrindo por um instante.

– Até logo – disse ela.

– É... Até logo... – respondeu o rapaz.

DESVENTURAS DE ZÉ DOCA

Zé Doca seguiu ao encontro do Dr. Armando, que àquela altura já se encontrava dentro do carro. Desceu os degraus vagarosamente, um por um, meditando sobre se deveria ficar feliz, por ter passado o dia inteiro ao lado de Maria Clara, ou triste, por não ter aproveitado bem aquela oportunidade, tendo em vista que passou o dia desacordado.

Maria Clara já estava quase fechando a porta, quando resolveu chamar por Zé Doca novamente.

– Zé Doca?.

O rapaz virou-se de imediato. Aquele semblante penoso e entristecido de repente deu lugar a uma felicidade sem precedentes.

– Diga moça! – respondeu, todo esperançoso.

Será que a moça iria se declarar para ele? Será que ela sairia correndo em sua direção e lhe daria um tremendo beijo, igual acontece nos filmes?

Não era bem isso. Creio que a essa altura da narrativa todos sabemos que, quando se trata do desafortunado Zé Doca, não se pode esperar boas novas ou uma mudança drástica de roteiro a seu favor.

– Você está muito cansado, acho melhor não vir amanhã... – disse a moça.

De repente, toda aquela expressão de felicidade, aquele ar vigoroso que havia se instalado no jovem, tudo foi completamente destruído, esmigalhado. Definitivamente não era aquilo que ele esperava ouvir.

– O quê? Como assim ?

– É que acho que você deveria seguir as recomendações do doutor e não se esforçar muito. Tire o dia para descansar.

– Não... Nada disso. Amanhã tô aqui sim sinhora – falou com convicção.

– Você é muito teimoso – disse ela, sorrindo.

– Então nos vemos amanhã – emendou Maria Clara.

– Fé em Deus e no meu Padim Ciço.

Com isso ambos tomaram seus caminhos, na certeza de que no dia vindouro se encontrariam novamente.

Enquanto isso Eduardo dialogava ao telefone. Era seu pai novamente. O rapaz estava meio inquieto. Olhava para todos os lados e preocupava-se em falar de forma que nenhum outro pudesse ouvi-lo.

– Então filho, quais as novidades? – indagou o Deputado.

– As melhores possíveis pai.

– Hum... Então encontrou o local?

– Sim, encontrei.

— Certeza?

— Absoluta!

— Ótimo, então já sabe o que deve fazer agora não é?

— Sim pai.

— Começarei os preparativos com a equipe da Companhia.

— Ok.

— Entre em contato assim que tiver mais novidades.

— Pode deixar.

— Até mais filho.

— Até mais pai.

Tum – Tum – Tum.

Naquele mesmo instante em que Eduardo encerrou a ligação, Maria Clara surgiu, deslumbrante como sempre, com um sorriso jovial, surpresa por encontrar seu noivo ali sozinho.

— O que fazes aqui meu amor? Não devia estar jantando?

— Ah! É que tava conversando com meu pai ao telefone.

— Oh amor, que lindo. Acho muito bonito essa coisa da união familiar.

— Eu também, querida – confirmou Eduardo.

— Então, vamos jantar? Papai não gosta de esperar muito... – disse Maria Clara, ainda sorridente.

Maria Clara deu de costas, retirando-se da sala, mas foi bruscamente interrompida por Eduardo, que segurou seu braço à meia força, de modo a estacioná-la.

— Querida?

— Pois não Eduardo? – disse ela, meio desconfiada.

— Sabe...

— O quê?

— Sobre o nosso casamento...

— O quê que tem o nosso casamento, amor? Algum problema?

— Não, problema nenhum...

— Vai desistir? – interrompeu ela, meio trêmula.

— Por Deus, querida, não. É uma outra coisa.

— Então diga logo o que queres.

— Acho que devíamos adiantá-lo.

DESVENTURAS DE ZÉ DOCA

Naquele mesmo instante, Zé Doca seguia estrada a fora em direção a seu casebre, fixando os olhos no horizonte, meio introspectivo. Refletira sobre os acontecimentos daquela última semana, sobretudo daquele dia em que salvara a doce e adorável Maria Clara de uma morte prematura. Deixou escapar um sorriso, tão tímido que nem o Dr. Armando havia notado. Estava convicto de que sua sorte acabara de mudar, meio que repentinamente, para melhor inclusive. Tudo agora daria certo, pensou ele.

Coitado. De fato não sabia o que lhe aguardava...

CAPÍTULO 14

Os acontecimentos surgiam a toda velocidade naquela noite calorosa de terça-feira. Maria Clara mal acabara de absorver o curioso episódio pretérito que quase lhe custou à vida e já teria que mastigar as palavras de Eduardo. "Adiantar o casamento?" indagou ela surpresa. De fato havia de ficar surpresa. Desde quando noivaram, há uns dois meses, ele nunca havia tocado no assunto. Sabiam que iriam se casar, mas não tinha data nem outra coisa qualquer definida. A única certeza é de que não seria tão breve.

No começo ela demonstrou uma certa resistência ao discurso de Eduardo. Não que tivesse dúvida sobre o amor de ambos, apenas achava que o relacionamento ainda era muito precoce para avançar a tal ponto. Eduardo porém argumentou, e nisso ele era bom. Discorreu, em tom rígido, exaltando as qualidades de sua amada e sobre como ela o tornara um homem melhor. Lembrou-lhe de vários momentos, bons e ruins, compartilhados com muita euforia. Citou duas passagens da bíblia, embora não fosse muito religioso, e um poema de Camões, que arrancou lágrimas dos olhos da bela moça. Falou também sobre a família, e de como tinha adorado todos os próximos de Maria Clara e enobreceu os lindos campos da região que o penetraram de modo tão profundo que o fizera esquecer da arquitetura moderna dos centros urbanos. Ela achou lindo o proseado do rapaz, embora de início não conseguisse acreditar, pois sabia que Eduardo não gostava de interior, sol, areia, etc. "Mas não se trata de um interior qualquer. Este é infinitamente superior aos que já conheci. Suspeito inclusive que nosso bom Deus tenha escolhido descansar por aqui, no sétimo dia cristão". Maria Clara derreteu-se e após não mais que trinta minutos de diálogo, havia concordado em casar-se ali.

O jantar na fazenda dos Bavarianos naquela noite impetuosa de terça-feira seguia tão silencioso quanto à chama que emanava da vela que iluminava a mesa. O silêncio só era quebrado por ocasião de alguns ringidos provocados pelo atrito dos alimentos à boca de algum deles. Seu Antunes era de longe o menos delicado. Totalmente concentrado, comia sem cerimônias. Eduardo e Maria Clara, entre uma colherada e outra entreolhavam-se cautelosamente, como se quisessem dizer algo. Dona Isaura seguia indiferente. O velho, escondido por detrás daquele amon-

DESVENTURAS DE ZÉ DOCA

toado de arroz à crioula, nada percebia. Maria Clara fez um sinal para seu noivo; bateu no pulso como se quisesse mostrar as horas, embora não tivesse relógio e fez-lhe um sinal de positivo. Seria agora então.

– É... S-Se-Seu An-Antunes? – disse Eduardo.

De repente os ringidos pararam. O velho fora surpreendido no exato momento em que levava à boca um pequeno osso com alguns restos de carne bovina. A ação foi interrompida, coisa que não lhe agradou muito.

– O que é rapaz? – resmungou.

– É que...

– Fale!

– É que eu estive conversando com Maria Clara...

– E daí?

– É que nós decidimos...

– Decidiram o quê? – indagou, curioso.

– Nós decidimos que vamos nos casar...

– Ora, mas isso num já estava decidido. Vocês são noivos, um dia vão ter de casar mesmo. Num sei o porquê desta prosa hoje, já que vocês nem marcaram a data ainda... – disse o velho, voltando à atenção novamente para o pedaço de osso em suas mãos.

Maria Clara encarou Eduardo novamente, meio inquieta. Fez outro sinal de positivo a ele, desta vez balançando a cabeça, ao que o rapaz entendeu prontamente.

– Mas aí é que tá Seu Antunes...

– Hã? – Surpreendeu-se ele enquanto tentava desesperadamente roer o alimento.

– Nos já marcamos a data para o nosso casamento.

– Já marcaram a data? – indagou Dona Isaura, como sempre, aprumando os óculos à altura da vista.

Naquele instante, o susto de Seu Antunes foi tamanho que o osso escorregou de sua mão e foi direto ao chão. Ficou perplexo. Pensou estar sonhando, mas o barulho que fez quando da queda do objeto ao chão parece ter-lhe afirmado da veracidade do fato.

– Como é que é? Já marcaram a data? – perguntou, enquanto retirava um pouco de gordura do bigode.

– Sim pai! – respondeu Maria Clara, com um leve sorriso de canto de boca.

– E quando vai ser? Daqui a dois, três anos?

– Daqui a cinco dias.

– Cinco dias? – espantou-se. – Vocês tão malucos por um acaso?

– Oxi, Antunes, deixa os mininos falarem – disse Dona Isaura.

– Calma pai, calma...

– Não se marca um casamento assim, em cima das buxa. Vocês num sabe que isso é coisa séria? Num quero filha minha mal falada mas de jeito nenhum – disse o velho encarando o casal.

– Não se preocupe Senhor, eu respeito muito sua filha.

– Sei que respeita... – duvidou.

– Pai, mas a gente se ama...

– É verdade senhor. Um amor puro e incondicional.

– A gente se ama? A gente se ama? – ironizou o velho. – Ainda é muito cedo pra ter certeza disso minha filha...

– É... Com todo respeito senhor... Não acredito que exista tempo certo para que as pessoas se amem. O amor não é fórmula certa, pelo contrário, variável, às vezes chega em mais ou menos tempo, mas sempre na mesma intensidade. Só quem ama é capaz de entender senhor – discursou Eduardo.

Maria Clara se comoveu com os dizeres de Eduardo, enquanto o velho Antunes só conseguia enxergar naquelas mesmas palavras um jeito bem rápido e eficiente de arranjar um neto.

– Humpf.

– Seria a união de duas das melhores famílias do nosso Estado. Algo para ser eternamente lembrado, senhor.

– Humpf.

O casal apertou as mãos com uma leveza confortante.

– E outra minha filha, você mal chegou já quer voltar à capital?

– Não meu pai, o casamento será aqui mesmo.

– Aqui? – indagou surpreso.

– Sim, aqui nestas terras abençoadas. Foi ideia do Eduardo, não é perfeito?

De repente, o semblante enfurecido, juntamente com as sobrancelhas quase grudadas do Sr. Antunes sumiram rapidamente, dando lugar a uma feição totalmente serena. Era um sonho de longa data do velho ver sua filha casar-se ali. Aquilo lhe comoveu tanto que ficou sem palavras por uns instantes. Pensou em sua nobre esposa, que

DESVENTURAS DE ZÉ DOCA

falecera precocemente, e no quanto ela ficaria feliz em ver sua filha querida trajando aquele vestido de noiva, desfilando ao som do vento e da areia daquela imensidão de terra. "Seria um sonho se nossa filha casasse com o vestido que usei naquele dia, querido. ", dizia ela ao velho. "Rum! Deixe de bobagem, muito cedo pra falar disso. Quando a hora chegar a gente vê isso direito.", respondia.

Matutou as ideias, enquanto bagunçava o bigode.

Pensou sobre os benefícios do casamento, os futuros acordos políticos extremamente vantajosos que poderia obter.

Pensou nisso outra vez.

E mais uma centena de vezes.

Então a hora chegou.

– Hum... então já que esse negócio vai sair do papel mesmo, temos que organizar uma festa das grande, daquelas de arromba mesmo. Uma festa pra parar essa cidade.

– Ah Pai, não precisa de muito não. Basta uma cerimônia simples.

– Nada disso. O casamento de uma Bavariano não se trata de algo simples. É uma ocasião rara, a oportunidade que temos de mostrar nossa superioridade a essa gentinha daqui. Não podemos perder a nossa tradição, afinal somos conhecidos como o povo dos melhores casamentos lembra?

De fato era verdade. Os Bavarianos tinham o estranho costume de promoverem os casamentos mais pomposos da região. Seu Antunes mesmo, no seu matrimonio, alugou um helicóptero para que jogasse pétalas de flores sobre os convidados. O grande problema foi quando pediu para que o piloto lançasse as alianças de uma altura de 100 metros. O vento arrastou os anéis para algum lugar insabido e apesar das buscas, não foram mais encontradas. Por conta disso ele teve de casar-se com anéis de talha de bambu, o que não agradou nem um pouco a noiva, e culminou no cancelamento da lua-de-mel.

– Nada exagerado pai, prefiro assim.

– Mas tá muito em cima da buxa, como vamos organizar tudo? Festa, padre, convidados...

– Isso pode deixar comigo – disse Dona Isaura.

– Verdade. E quanto ao vestido? Sabe da vontade de sua mãe...

– Sim eu sei pai, e será uma honra casar com o vestido que foi de minha mãe e de meus antepassados – disse, já tentando conter as lágrimas que ainda estariam por vir.

A velha mostrou-se contente e encarou os noivos com um ar admirável.

– Ah, sua mãezinha… Como ela ficaria feliz…

Seu Antunes deixou escapar um leve suspiro saudosista, seguido de um sorriso conformado. O casamento afinal de contas não seria de todo mal. O rapaz era de boa família ao menos, filho de Deputado. Tinha perfeitas condições de cuidar de sua filha da forma que ela merecia.

Todos sorriam. A noite finalmente parecia ter recuperado a graça e nem o vento que apagara a chama da vela naquele instante foi capaz de ofuscar o brilho do olhar do casal enamorado.

CAPÍTULO 15

Mal amanhecera o dia e os preparativos para as núpcias do jovem casal seguiam a toda velocidade. O quarto de Maria Clara estava repleto de papeis amassados e sorrisos espontâneos. O clima era de total alegria. A mais eufórica era sem dúvidas Dona Isaura. A velha ensaiava algumas dicas para sua neta, andava de um lado a outro, sempre sorridente, embora preocupada.

– E o bufê querida? Deveríamos contratar aquele rapaz de São Paulo, afinal ele é tido como o melhor no assunto...

– Prefiro comidas típicas da nossa terra vó, creio que ele não entenda muito dos nossos costumes – respondia Maria Clara, com um largo sorriso.

– E os convidados? Uns dois mil já tá bom?

– Credo vó, pra que isso tudo? Só gente intima mesmo, afinal é apenas um casamento e não um show do Roberto Carlos.

– Não é apenas um casamento querida, este é o casamento do ano, do século, do milênio. O maior casamento da história de Aqui-Perto e, sendo assim, deve ser feito de forma impecável.

– Eita, sinhá, como sua mãe ficaria feliz de te ver casando... – disse Dona Odelina.

– Verdade... – suspirou Maria Clara, enquanto encarava o céu pela janela do seu quarto.

Era um dia aparentemente perfeito, a julgar pelo vento tímido e o sol refrescante. Algumas aves das mais diversas espécies sobrevoavam os céus, cada uma ao seu modo, assobiando as mais diversas canções nos mais diversos tons musicais. Maria Clara estava tão introspectiva que sequer ouviu os cantos das aves, assim como também não ouviu à Dona Isaura, que resolveu lhe chamar à atenção com um delicado tapinha nas costas.

– Estou falando com você filha.

– Ah, o que foi vó? – recuperou-se a moça.

– Estava falando de como vai preferir os convites.

– Ah, os convites...

– Estive pensando em fazê-los banhado a ouro, o que você acha?

– Nossa vó, que exagero. Além do mais a senhora deveria saber que o papai não gosta de gastar muito, principalmente em festas.

– Mas essa não é uma festa comum, é o seu casamento filha, e eu fui encarregada de elaborar tudo, então sou eu quem decido o quanto gastar, não seu pai.

– Mas ainda assim acho exagerado. Bastaria apenas uma foto nossa e alguns dizeres no convite.

– Porque ocês num pedem a opinião do sô Eduardo, afinal ele é o noivo – indagou Dona Odelina.

– De jeito nenhum, homens não entendem disso – respondeu Dona Isaura.

– Não mesmo – sorriu Maria Clara.

– Nossa! Já ia me esquecendo. Vou pegar o vestido para você experimentar filha. Como faz muito tempo que foi guardado deve de tá precisando de alguns retoques.

– Hum... O vestido... Será que ficarei bem nele?

– Com um corpão desses, minha filha, não tem vestido que não lhe caia bem.

– Exagero vó...

– Exagero nada. Espero um minuto, volto já com o vestido, e quando você estiver lhe usando vai ver que tenho razão.

Maria Clara aproveitou para sentar-se um pouco, à cabeceira da cama. Assim como o dia. Assim como o dia anterior, este seria igualmente puxado, e ela sabia disso. Dona Odelina continuava a limpar o chão, recolhendo alguns rabiscos de listas de casamento rejeitadas. Tudo muito monótono, muito tenso. Aquele ar jovial que tomava de conta do quarto de repente parecia haver sumido. A criada, percebendo isso, tentou quebrar o gelo.

– A sinhazinha vai convidar aquele rapaz?

Maria Clara tomou um susto, e de repente voltou a si.

– Que rapaz? – perguntou, fazendo-se de desentendida.

– O que lhe salvou a vida.

– Zé Doca?

– Ele mesmo.

– Ah! Não tinha pensado nisso ainda... – respondeu meio sem jeito. – Mas por que a pergunta Odelina?

– Ah, só curiosidade sinhá...

– Humpf.

Maria Clara tornou a meditar, enquanto Dona Odelina continuava a limpar o chão o qual já conhecia muito bem. A criada, embora nem tão velha, é uma das mais antigas serviçais da fazenda, e por conta disso, uma das mais confiáveis da família. Ia erguendo-se do chão com cautela devido a sua coluna não tão saudável, quando avistou um semblante além da janela.

– E falando nele...

– O quê?

– Dê uma olhadinha pela janela sinhá.

Maria Clara virou-se quase que instantaneamente. Ao longe notava-se a silhueta de um rapaz, meio desequilibrado, cambaleando sem direção aparente. Era Zé Doca. Embora aparentemente estivesse fadigado trazia consigo um sorriso jovial em perfeito contraste com sua aparência esgotada. Talvez estivesse feliz pelo simples fato de imaginar que poderia rever a filha do velho Bavariano, e, dessa vez, nada de dejetos de cavalos ou outro incidente qualquer. Seria visto como um herói, devido a embaraçosa tarde anterior, pensava ele.

Assobiava timidamente alguma canção que, devido ao pouco esforço empregado pelas suas cordas vocais desgastadas, não soubemos discernir por completo. Seu ruído monótono e fraco porem foi interrompido por um outro ruído, uma outra voz, dessa vez mais forte e vivaz.

– Zé Doca!

O jovem ficou paralisado por aquela voz clamando seu nome, e que ele sabia já conhecer muito bem. Virou-se em todas as direções enquanto indagava a si mesmo se aquilo era apenas uma brincadeira de mau gosto elaborada por seu subconsciente ou era de fato, real. Porém, quando seus olhos cruzaram-se com um outro belo par de olhos cor de mel escondidos por detrás de uma janela, não teve mais dúvidas. Era ela. Maria Clara Bavariano. Um doce e sereno nome que, embora acompanhado de um sobrenome que não lhe era de todo agrado, soava como boa música a seus ouvidos.

Ficou mudo por um instante.

E por mais um instante.

E por mais um instante, até recuperar-se.

– Olá sinhá! Que surpresa da gota de boa vê-la tão cedo do dia – disse ele, aproximando-se.

– Pois é... Espera que eu vou até aí.

– Até aqui? – espantou-se – Tudo bem sinhá.

Maria Clara saiu correndo elegantemente pela casa ao encontro de Zé Doca. O jovem estava muito feliz. Era cada vez mais evidente que sua sorte tinha mudado para melhor. Um friozinho lhe apertou o corpo. Assoprou uma certa quantidade de ar na palma da sua mão cheirando-a em seguida, numa tentativa de tomar ciência do teor do seu bafo. Assistiu abobalhado a moça aproximar-se, vislumbrante, como sempre. O friozinho tomou conta de seu corpo com maior intensidade ainda. Era como se ele, logo após ingerir três doses de xoxota raspada, tivesse se pendurado de cabeça para baixo, em um galho qualquer de uma arvore qualquer, e balançasse até cair.

Agora estava ali, não mais que uma metragem de distância da sua amada. Não sabia o que dizer. Nem precisou. A moça, segurando as duas pontas do vestido de modo a conter a força do vento, iniciou o diálogo, como já era de costume.

– Tudo bem com você Zé Doca!

– Ah… tudo sim, e com a sinhá?

– Tudo ótimo. Graças a você, devo dizer… – falou sorrindo.

– Ah sinhá, num foi nada de mais aquilo.

Os dois sorriram tímidos por uns instantes.

– Então, já veio treinar? Está levando muito a sério não é?

– Pois é. Agora é minha vida que tá em risco.

– Não se preocupe rapaz, tenho certeza que meu pai não fará nada com você.

– Hum. Então perdão sinhá, mas acho que você num conhece bem sô pai não.

Os dois sorriram por mais alguns instantes. Zé Doca encarava a moça hipnoticamente. Aquele momento lhe era tão agradável que poderia durar a eternidade. Mas, como diz aquele velho brocardo, "Tudo que é bom dura pouco", e no, caso do desafortunado em específico, esta máxima torna-se mais verdadeira ainda.

– É... Zé Doca, eu gostaria de lhe convidar para uma festa no domingo…

– Festa? Domingo? – interrompeu ele – Nossa, que supimpa! Se eu sobreviver à corrida com sô pai irei com muito prazer sinhá – disse todo animado.

– Que ótimo Zé Doca.

DESVENTURAS DE ZÉ DOCA

— Num é querendo me gabar não, sabe? Mas o pessoal diz por aí que sou o melhor dançador de forró da região.

Maria Clara deixou escapar mais algumas risadas.

— E onde será sinhá? – perguntou Zé Doca.

Não que ele se importasse com o local da festa ou outra coisa qualquer relacionada a isso. Era apenas uma pergunta padrão feita por aqueles que recebem este tipo de convite, embora o jovem nunca tenha recebido esse tipo de convite.

— Aqui mesmo na fazenda.

— Hum... Legal! E o que será comemorado moça? Aniversario do seu pai? Seu aniversário?

— Não, será meu casamento.

Ao ouvir aquela última frase, Zé Doca, que se apresentava quase sempre como um mulato bem corado, ficou branco, extremamente branco. O sorriso tímido e o olhar empolgante de repente foram substituídos por algo que mais parecia uma estátua depressiva feita de neve. Maria Clara percebeu algo de estranho e preocupou-se.

—Tá tudo bem com você Zé Doca?

Ele hesitou um pouco, porem recuperou-se a tempo de responder.

— Ah!... Tá... tá sim... tá sim sinhá.

Evidentemente não estava tudo bem. A situação atual era completamente oposta à resposta do rapaz. Estava tremulo e roía as unhas de ambas as mãos, coisa que não fazia há bastante tempo, não que não gostasse de roer unhas, mas sim porque de tanto o fazer já não havia mais unhas para o pobre roer.

Naquele mesmo instante, e, talvez por um infeliz acaso do destino – ao menos para Zé Doca – surge à figura de Eduardo, caminhando em direção aos dois jovens. Ainda de longe, o rapaz, levantando um pouco o chapéu de palha que repousava em sua cabeça, gritou sua amada.

— Maria Clara querida, o que fazes aqui fora, e ainda por cima com este meliante? – indagou Eduardo, enquanto encarava Zé Doca inteiramente, em um tom de desprezo total.

Maria Clara virou-se meio surpresa.

— Nossa Eduardo, isso são modos de falar com o rapaz?

— Ah Maria Clara, eu não falei nada de mais, aliás, vim aqui porque sua avó pediu que eu lhe chamasse, parece que ela está te esperando para mostrar-lhe alguma coisa. Acredita que ela fechou a porta do quarto na minha cara só para que eu não pudesse ver do que se trata-va. Disse que era "coisa de mulher"...

— Ah, o vestido... — resmungou ela, bem baixinho.

— Então, vamos?

— Tudo bem. Vai indo que eu te alcanço daqui a pouco.

— Cuidado com esse meliante, meu amor — disse Eduardo, antes de se virar e sair caminhando.

Zé Doca passou todo aquele tempo parado, apenas encarando Eduardo, vendo-o cada vez mais se distanciar.

— Aquele é o seu noivo?

— Ah, é sim. Desculpe os modos dele, é que às vezes ele cisma com as pessoas, mas quando ele te conhecer melhor tenho certeza de que vão se dá super bem.

— É... — disse Zé Doca, com o coração partido.

— Então... acho que já vou indo...

— Ah, sim claro sinhá, eu também já tô de partida...

— Então nesse caso, até mais ver Zé Doca.

— Inté, sinhá... — respondeu ele, cabisbaixo.

Zé Doca seguiu pelo mesmo caminho que chegara até ali, meio des-norteado, sem perspectiva, visivelmente abalado.

— O curral fica pro outro lado Zé Doca! — interrompeu Maria Clara

— Ah, sim, eu sei, é que eu tenho que dá uma passadinha lá em casa sinhá, esqueci uma coisa importante la...

— Nossa! Deve ser muito importante mesmo pra fazer você caminhar essa distância toda novamente.

— Ah, é...

— E o convite? Você vai vir?

— Ah, é... claro sinhá, venho sim...

— Obrigado, fico feliz por isso.

— De nada...

— Então até mais...

— Inté...

E os dois partiram, tal como seus corações, em direções totalmen-te opostas.

CAPÍTULO 16

O sol, como já era de praxe, mostrava-se mais uma vez impiedoso sobre a pequena e simpática Aqui-Perto. As ruas e vielas povoavam-se de pessoas que rumavam para a igreja a fim de acompanhar a missa matinal que acontecia pontualmente às sextas-feiras.

Zé Doca encontrava-se na praça da cidade, completamente imóvel. O sol parecia não lhe incomodar, embora o suor em seu corpo parecesse contrapor a afirmação.

O jovem não havia pregado os olhos naquela noite tórrida. A notícia do casamento de Maria Clara lhe tirara o sono. Aliás, não somente isso, mas também a fome, a sede e a vontade de viver que lhe era inerente. O rapaz apresentava-se em estado vegetativo, apático a tudo que lhe rodeava. E esta apatia era tamanha que sequer percebeu o cachorro que passara a noite inteira lambendo a sua face pálida, dentre outros locais mais desagradáveis.

Ainda com o semblante desnorteado, esboçou um movimento com o braço esquerdo, enfiando a mão na sua roupa intima e retirando uma moeda. Era a única moeda que possuía.

Era sua moeda da sorte.

É verdade que um pobretão como Zé Doca não se pode dar o luxo de possuir moedas da sorte, até porque moedas lhes são raras e, quando às têm costumam trocar imediatamente por alguma espécie de comida.

Mas esta moeda era diferente.

Não que tivesse algum motivo lógico, ou alguma história que a tornasse especial. Era especial pelo simples fato de Zé Doca entender que fosse. Guardava-a na cueca por ser um local mais seguro que os bolsos cheios de buracos de sua calça, também cheia de buracos.

Ficou ali por um instante, lançando a moeda ao ar, e apanhando-a, repetidas vezes, em um breve esforço fisioterápico.

E assim ficou, até que um garoto franzino de aparentemente uma década lhe tomou a moeda e saiu em disparada.

De modo algum isso afetou Zé Doca, que continuou a repetir os movimentos, como se ainda tivesse moeda.

Passeou os olhos por um instante, até perceber talhado em uma pequena árvore à sua frente os seguintes dizeres: "Não há como piorar. ".

Curiosamente, "Não há como piorar" era o slogan da empresa que confeccionava as roupas às quais Zé Doca, por uma absoluta falta de opção, vestia. Era também o nome do disco de enorme sucesso do Trio de três, banda muito prestigiada na região, mas que encerrou a carreira precocemente, devido a morte do cantor, que sofreu um infarto atribuído basicamente a sua mania de comer manga, ovo de galinha caipira e sal em demasia.

Ao mesmo tempo em que o rapaz se chocava com o escrito, uma charrete estacionava próximo à praça, chocando-lhe mais ainda. Não era difícil reconhecer o veículo, já que só havia aquele em toda a região.

Assustado, Zé Doca escondeu-se na árvore à sua frente.

As portas se abriram simultaneamente. De um lado surge Petrônio, do outro, Potrínio. Por último, e para surpresa de Zé Doca, que observava por entre os galhos da árvore, aparece o semblante de Eduardo.

Aliviou-se pela ausência do velho Antunes, mas não lhe agradou em nada a presença de seu desafeto.

Eduardo posiciona-se firme, aprumou o terno e passeou um olhar esnobe pela cidade.

– Então, onde fica o telefone? – pergunta.

– É – É – É por a – a- aqui sinhô – responde Potrínio, apontando a direção.

Em Aqui-Perto só havia dois aparelhos telefônicos. Um pertencente aos Bavarianos, e o outro, um orelhão situado na praça da cidade. Como os habitantes da cidade não possuíam o hábito de fazer ligações, até porque não tinham pra quem ligar, a maior serventia a que se dava o aparelho era a prática do esporte genialmente batizado de "telefone". O jogo consistia no seguinte: uma pessoa de olhos vendados segurava o cabo do telefone e girava-o, enquanto outros se posicionavam à sua frente. O objetivo era acertar o maior número de pessoas com o telefone. Por ser um esporte relativamente violento, a prática foi proibida aos menores de quatro anos.

O telefone da fazenda dos Bavarianos estava mudo, situação bastante corriqueira, embora a torre esteja situada naquelas terras. Isso ocorre geralmente por causa dos ratos que roem os fios do aparelho.

Eduardo não aguentou esperar que o Sr. Antunes providenciasse a troca dos fios. Disse ser urgente a ligação. O velho preocupado enviou seus capangas com ele para a cidade. Pensou que se tratava de algum assunto relacionado a dinheiro, e para estes assuntos ele é sempre prestativo.

Zé Doca observava atentamente cada passo de Eduardo, com a cautela necessária para que não fosse visto.

DESVENTURAS DE ZÉ DOCA

— Aqui sinhô! — exclamou Petrônio.

Eduardo pôs a mão no bolso da calça e retirou algumas moedas. Escolheu a que mais lhe agradou e pôs no aparelho. Digitou alguns números e aguardou.

Petrônio e Potrínio se colocaram há uma distância de não mais que meio metro do rapaz, fato que muito lhe incomodou.

— Podem aguardar na charrete? — indagou.

— Sim sinhozinho — respondeu Petrônio, a quem Potrínio copiou com um atraso consideravelmente suficiente para que a frase não fizesse mais sentido algum.

— Gabinete do Deputado Sá — dizia a voz ao telefone.

— Quero falar com meu pai — exclamou, enquanto observava os irmãos que já estavam numa distância que julgou bastante para que não ouvissem o que conversava.

— Um momento senhor. Vou transferi-lo.

Aguardou um momento.

Depois mais um momento. Depois outro, e outro, e outro.

Não sabemos precisar quanto tempo demora um momento. O certo é que custa bem menos do que o tempo que um cidadão comum desperdiça numa fila de banco, com mais cinquenta outros cidadãos comuns, até ser atendido, por uma funcionária bastante comum, que lhe diz, com uma expressão que lhe é bastante comum, que na verdade aquele boleto não pode ser pago ali.

— Novidades filho? — respondeu a voz do outro lado da linha.

— Sim, meu Pai!

— E quais são?

— O casamento está marcado.

— Maravilha! E quando será?

— Domingo próximo.

— Ótimo! Não perderei por nada neste mundo. — falou o parlamentar, deixando escapar algumas risadas.

— Não fica feio para um homem importante como o senhor aparecer num local desses?

— Bobagem filho, depois que o Bavariano assinar aqueles papéis tudo terá valido a pena.

Neste momento o telefone bipou. Eduardo entendeu o significado daquele som e retirou do bolso outra moeda para que pudesse continuar a conversa. Juntamente com a moeda, o rapaz deixou escapar um outro objeto. Era um pequeno pedaço de papel chamex branco amassado. Entretido com a ligação, Eduardo nem percebeu. Aliás, ninguém percebeu, a exceção de Zé Doca, que embora não pudesse ouvir o conteúdo da conversa, prestava atenção em tudo.

– Não se esqueça que os Bavarianos são uma família muito importante na região. Haverá muita publicidade, o que é ruim para nós – afirmou Eduardo, após inserir a moeda no aparelho.

– Quanto a isso pode deixar comigo, já tenho tudo planejado.

– O senhor... Sempre um passo à frente não é meu pai? – disse Eduardo.

A conversa foi interrompida por uma leve gargalhada do Deputado, à qual foi imediatamente retribuída por Eduardo.

– Então até mais filho, e não se esqueça "daqueles" papéis.

– Claro pai, os papéis.

– Tum- Tum – Tum – disse o telefone.

Eduardo novamente ajustou o terno, apertou a gravata e caminhou em direção a charrete, onde os dois capangas o aguardavam. Esboçava um sorriso muito consistente, quase impossível de se esconder. Petrônio achou que ele era algum daqueles birutas da cidade grande. Potrínio também achou.

E os quatro partiram de volta a fazenda. O charreteiro conduzindo a charrete, Eduardo ainda com aquele consistente sorriso no rosto, e os irmãos ainda achando que ele era um daqueles birutas da cidade grande.

Após certificar que todos partiram, Zé Doca correu em direção ao pedaço de papel que Eduardo havia deixado cair. Achou que sua sorte estava mudando, e aquele pedaço de papel amassado era uma espécie de presente de Deus para ele. Era o destino. Era seu destino estar ali, naquela praça, naquela hora. Pensava haver alguma coisa naquele pedaço de papel que pudesse retirar o sorriso com o qual Eduardo se despediu da cidade. Poderia ser algo importante.

Mas não era.

E qual não foi a frustração de Zé Doca ao abrir aquele pedaço de papel e perceber que na verdade não havia nada escrito nele?

É meus amigos, a sorte do desventurado não mudou. Ou se mudou, com absoluta certeza foi para pior.

Se uma coisa pode dar errado de várias formas, dará da pior maneira possível, já dizia Murphy. A frase do americano não apenas casava tão bem com as desventuras do azarado aquipertense, mas parecia ter sido feita sob encomenda deste.

Zé Doca, que já cansara de tentar encontrar uma explicação filosoficamente plausível para o porquê de estas coisas acontecerem tão frequentemente com ele, resolveu tomar um porre, e seguiu rumo a um bar, próximo à praça.

O bar tinha um aspecto bem desagradável. As paredes surradas deixavam à mostra parte da estrutura. Havia quatro mesas espalhadas pelo salão, cada qual em perfeitamente arranjada em um dos cantos. Duas delas estavam ocupadas. Uma por uma idosa aparentemente alcoolizada, e a outra por um grupo de anões, estes notadamente alcoolizados, que trabalhavam no circo que acabara de chegar à cidade.

No centro do salão ficava uma mesa de sinuca, onde jogavam duas prostitutas, que embora entendessem muito de tacos e buracos, não demonstravam nenhuma familiaridade com o jogo. Talvez isso explique o fato de ambas estarem montadas nos tacos como se fosse uma espécie de cavalo, ao invés de estarem tentando encaixar as bolas nos buracos da mesa.

Zé Doca seguiu roboticamente para o balcão, demonstrando uma certa apatia por tudo que lhe cercava.

O balcão era do tipo americano, embora não fosse americano. Ao redor tinham quatro cadeiras dispersas de modo aleatório. Zé doca escolheu a primeira que viu e sentou-se desajeitado.

– Seu Batista, me arrume uma dose de xoxota raspada.

– Tem dinheiro?

– Dinheiro tenho não, só mesmo a vontade de beber.

– Só vontade num paga não.

– Então me venda fiado, lhe pago amanhã... se eu não morrer.

– Pois amanhã ocê venha aqui, se não morrer, claro, porque se tiver morto melhor ficar no cemitério mesmo.

– Ora Batista, bote uma dose pro homi rapá – disse uma voz.

Era um homem alto, bastante corado. Aparentava trinta anos, embora não revelasse a idade. Natural de Daqui-não-passa, ostentava uma pele muito lisa, daquelas que só se consegue com altíssimos investimentos em cosméticos importados. Na cabeça pairava um bonito chapéu bege, propositalmente ajustado para esconder parte de seus cabelos grisalhos. Era um homem atraente, de porte atlético. Usava a camisa desabotoada na região superior. Dizia que era devido ao calor, mas a verdade era que gostava de exibir o peitoral malhado. Vestia-se como um vaqueiro, andava como um vaqueiro, falava como um vaqueiro, mas não era um vaqueiro. Na verdade era uma espécie de garoto de programa de luxo, que atendia preferencialmente mulheres casadas da alta sociedade da região. O ramo está praticamente em extinção por dois motivos: primeiro porque quase não existe membros da alta sociedade na região, e segundo porque satisfazer as mulheres dos homens mais ricos e poderosos era uma tarefa extremamente perigosa e muitos morreram antes, durante ou depois de executá-las. Mas era isto que excitava aquele homem e tornava o seu trabalho prazeroso: o perigo, além, é claro, do dinheiro, não necessariamente nesta ordem.

O certo é que aquele homem de aparentemente trinta anos, bastante corado, de pele lisa, de corpo malhado, que se vestia como um vaqueiro, andava como um vaqueiro e falava como um vaqueiro, mas que não era um vaqueiro, conheceu Zé Doca em uma de suas idas à Aqui-Perto e acabou gostando dele, simplesmente por achar seu nome engraçado.

— Itamar Petrusco!

— Num tem por onde Zé Doca.

— Mas eu nem lhe agradeci...

— Mas ia agradecer. Num ia, fulêro? – questionou com um largo sorriso.

— Isso é verdade. E o que ocê faz por aqui, homi.

— Ah, Daqui-não-Passa tá muito sem graça. Acabou os festejos, as mulheres foram tudo embora, aí você sabe como eu sou, rapaz... ein? ein? – Venha cá me dê um abraço, rapaz.

Os dois se abraçaram por um instante.

— Intão, qual o problema?

— Problema? – Surpreendeu-se Zé Doca.

— Ora Zé, deixe disso. Sei que sua vida tem sido uma desgraça atrás de outra, homi. Sei quando uma pessoa tá com problema. Conte pra seu amigo véi, que eu posso te ajudar.

— Por que acha que pode me ajudar?

— Sou bom psicólogo.

— Você nem é piiss-piss-sicólgo.

— Eu transava com uma. Ela me ensinou muita coisa... mas enfim, me conte!

— É um caso de vida.

— De vida?

— Aliás, de morte.

— De morte?

— Dos dois. De vida e de morte.

DESVENTURAS DE ZÉ DOCA

– Nossa, foi tão sério assim?

– Me meti numa encrenca com o Sô Antunes.

– O Bavariano? – espantou-se Itamar Petrusco.

– Tô devendo uns contos pra ele.

– Valei-me meu padroeiro dos individados.

-... e ainda apostei que ganhava dele numa corrida de cavalo...

– Valei-me, meu padroeiro das causa perdida.

– Mas o pior mesmo é que me apaixonei perdidamente pela filha dele, que já tá de casamento marcado.

– Peraí Zé que é santo de mais pra eu rezar.

– Num perca tempo não homi. Meu caso é sem solução. E inté mermo se eu escapar da morte, meu coração já tá completamente destruído – completou, totalmente desolado.

– Não se avexe, macho. Você só tá raciocinando errado. A principal causa dos problemas são as soluções.

– É o quê, homi?

– Quando você foca na solução, você não consegue compreender o problema e ao não compreender o problema você o soluciona do modo errado, surgindo diversos outros problemas sem solução.

Zé Doca encarou o amigo, como se aguardasse uma explicação para a teoria, porém sem sucesso.

Um doloroso silêncio tomou conta do ambiente. Itamar Petrusco retirou do bolso da camisa um isqueiro, além de um cigarro avulso. Pôs na boca e acendeu. Deu uma tragada bem forte e pediu uma outra rodada de cachaça. Os dois beberam rapidamente, como se fosse uma espécie de competição. Zé Doca deixou escapar um leve arroto, que passaria facilmente despercebido se, óbvio, o aparelho de som do ambiente não tivesse parado de funcionar exatamente naquela hora.

– Mas logo a filha do Sô Antunes homi? – indagou Petrusco, numa tentativa de romper aquele amargo silêncio.

– Pois é... coisas do coração.

– E ocê falou pra ela Zé?

– Nem tive chance. Além do mais ela é comprometida, vai casar com um babaca riquinho.

– Mas Zé, tanta mulher bunita por aí...

– Rum! Duvido de alguma mulher por aí chegar perto da beleza dela. E ainda tem um coração tão bom. Tão meiga... Tão... – suspirou Zé Doca.

– Ixi, tá apaixonado mesmo...

– E quem não ficaria?

– A formosura tem nome?

– Maria Clara...

– Nome bonito.

– Se fosse só o nome...

– É velha?

– Novinha, deve ter da minha idade pra menos.

– Ah... – desapontou-se Itamar Petrusco, que adorava mulheres mais experientes.

Fez-se um silêncio profundo. Petrusco coçou a cabeça.

– Macho véi, é como já disse um homi aí que não lembro o nome, não tem problema em cair não, desde que quando esteja no chão apanhe algo antes de se levantar.

Zé Doca suspirou novamente.

Naquele momento ele imaginava a silhueta de Maria Clara, poucos metros à sua frente, com um lindo sorriso no rosto, que julgava ser direcionado a ele, que retribuía com um sorriso meio bobo.

O dono do bar observava atônito à cena. Petrusco retomou os rumos da conversa, numa tentativa de quebrar o gelo.

– Vamo largar esse papo cabrêra de mão. Vamo se animar homi... Xô te arrumar algo que te deixe "pra cima" – disse, enquanto acenava para uma das garotas que estavam jogando sinuca.

Seu nome era Chica Dadá.

Apesar da pouca idade – apenas dezoito anos – era uma das raparigas mais experientes da região. Dizem que tinha mais experiência com sexo do que urubu com voo. Era meio baixa, magra, porém tinha uma leve protuberância na altura do estômago. Vestia uma micro-saia, daquelas que deixam a mostra tanto a parte superior quanto a inferior da calcinha. A blusa decotada de cor avermelhada era uma tentativa mal sucedida de exibir os seios, já que quase não os tinha. Eram na verdade pouco maiores que dois limões espremidos dentro de um copo de cachaça.

Embora sua profissão não lhe permitisse apaixonar-se, nutria um sentimento muito especial por Itamar Petrusco, que segundo ela, fora o único

DESVENTURAS DE ZÉ DOCA

homem que conseguiu realmente excita-la, de tal modo que, ao invés de cobrar algo do rapaz pelo sexo, como era de seu ofício, pagava-lhe. E não poderia ser diferente, já que ele jamais aceitaria transar com ela senão pelo dinheiro. E isso se deve não só pelo fato de ela ser razoavelmente desprovida de beleza, ou não ser mais velha como ele gostava, mas principalmente pelo seu odor. Chica Dada não costumava banhar após as relações com os clientes, de tal modo que fora acumulando ao longo do tempo uma quantidade suficiente de espermas que lhe permitiu possuir o odor peculiar e desagradável de um. Era um cheiro muito forte. Muito incômodo.

Atendendo ao chamado de Itamar Petrusco, a moça desfilou até o balcão com seu andar meio robótico, tentando equilibrar-se sob o par de tamancos que acabara de comprar em um boteco de achados e perdidos.

– Chamou querido? – perguntou, enquanto deslizava as mãos sobre os ombros de Petrusco.

– Chamei sim.

– Posso fazer algo pra você?

– Na verdade num é pra mim. É pra ele – disse apontando pra Zé Doca, que ainda estava cabisbaixo, tomando sua cachaça. – Quero que você dê uma animada neste rapaz – continuou.

– Ora, dar é comigo mesmo.

– Eu sei, por isso chamei.

– Hummm… vou ver o que posso fazer querido.

– Pois faça! Depois te recompenso – falou piscando um dos olhos, o que provocou um sorriso excitado por parte da moça.

A moça se dirigiu até Zé Doca, quase que em câmera lenta, de modo quase sensual, mas não era, porque Chica Dada não sabia como ser "sensual" e nem o que isso significava. Era muito vulgar.

– Oi, rapaz…

Zé Doca ergueu a cabeça tão lentamente quanto a moça caminhou em sua direção. Estava meio tonto, a visão um pouco embaraçada de tal modo que quase não percebeu que era uma garota que estava falando com ele.

– Oi, moça – respondeu Zé Doca, quando percebeu que de fato era uma garota que estava falando com ele.

– Qual é a sua graça?

– Graça num tenho moça. Só disgraça mermo.

– Perguntei seu nome?

– Ah… Zé Doca.

– Eita nome porreta! Homem com nome de macho me deixa tão excitada – disse ela, enquanto passava as mãos paulatinamente pelos seios.

Naquele momento Chica Dada havia aprumado uma das cadeiras que ainda estavam vagas e deslizou em direção a Zé Doca. Ficaram muito próximos, de modo que, se não fosse as leis da física, poderíamos facilmente afirmar que os dois corpos ocupavam o mesmo lugar, ao mesmo tempo.

– Agora que tu me deixou excitada tenho que retribuir a generosidade... – disse Chica Dada, enquanto passeava as mãos pelas pernas de Zé Doca.

– Posso te dar tudo... – prosseguiu?

– Tudo? – interessou-se Zé Doca.

– Tudinho...

– Pode me dar dinheiro?

– Isso não sô.

– Intão num é tudo sá...

– Me refiro a sexo. Esse corpim violão aqui pode ser todo seu. Que tal começar com um beijo porreta?

Chica Dada segurou a cabeça de Zé Doca, com uma força descomunal. O desafortunado estava notadamente assustado. A visão embaraçada não lhe permitia uma clara noção de perspectiva. Centímetros separavam os rostos de ambos. A prostituta já havia fechado os olhos, como se estivesse preparada para o ato. Foi então que Zé Doca, em parte devido à bebida, em parte devido à ausência de beleza da moça, foi inexplicavelmente, violentamente, subitamente atacado por um mal-estar que se instalara no seu âmago, o que culminou em um extraordinário vômito, de proporções tão exageradas que seria facilmente capaz de preencher toda a área cúbica de uma caixa d'água mediana. Era como se Zé Doca tivesse regorjeado tudo que comera no interregno de um ano inteiro.

Chica Dada estava irreconhecível em meio a todo aquele líquido amarelado. Seu corpo estava coberto de grãos de arroz, e, se observássemos mais detalhadamente, era possível notar alguns pedacinhos de carne também. A moça tinha experiência com esperma, isso é verdade, mas o odor que emanava daquele líquido amarelado era muito pior, de modo que não soube bem o que fazer naquela situação.

– Seu escroto! – esbravejou, imediatamente aplicando um safanão em Zé Doca.

Zé Doca havia desmaiado. Não dá pra precisar exatamente se foi antes ou depois do safanão. O certo é que havia desmaiado e isso era o que importava.

CAPÍTULO 17

A esta altura da trama o leitor talvez tenha sido acometido por um compreensível sentimento de compaixão e empatia em relação ao desafortunado Zé Doca. Os mais ásperos, inclusive, devem acreditar que estou aqui contado estórias e anedotas.

Antes fosse.

O infeliz maltrapido vulgarmente apelidado Zé Doca era tão desventurado que se esta saga encerasse aqui, neste ponto, ficaria deveras contente. Isto porque os fatos já narrados nem de longe se igualam aos que estariam por vir. O jovem não teria a felicidade de encerrar sua jornada neste ponto. Não, muita coisa ainda deveria acontecer.

E fora naquele clima de profunda negatividade que, horas após o último evento, Zé Doca acordou. Os olhos ainda se desembaraçavam aos poucos, e gradualmente, as figuras que o cercavam iam ganhando forma. Inicialmente percebeu o semblante de Itamar Petrusco, à sua direita, e, um pouco mais à esquerda, estava a sua avó, com um largo sorriso no rosto, capaz de exibir as mais discretas obturações a qual haviam se submetidos seus poucos dentes que lhe restavam.

— Deus seja louvado! — disse ela, erguendo às mãos pro céu.

Naquele momento Zé Doca carregava uma expressão mais estranha que de costume. Estava totalmente alienado. Dona Rita aproximou-se e, de joelhos, pôs as mãos carinhosamente em sua testa.

— Ah filho, que susto que tu me deu...

— O que que a-a-aconte-teceu?

— Oxênti Zé, tu num se alembra, não? — esclareceu Itamar.

— Petrusco? O que cê tá fazendo aqui homi?

— Oxi, mas tá cagôta mermo. Tu num se alembra de nada não?

— Não.

— Pois xô te alumiar a cuca — disse Petrusco, enquanto se levantava. — Anteontem a gente tava tomando uma no bar do Sô Batista aí...

— Anteontem?

— Arram! Tu já com dois dias dormindo, macho.

– Dois dias?

– Arram!

– Peraí, que dia foi ontem?

– Sexta-Feira sô.

Zé Doca deu um pulo e pôs-se em pé.

– Valei-me meu Padim Ciço! Num me diga que hoje já é sábado?

– Pode deixar que eu num digo não – afirmou Petrusco, de modo convincente.

– Diga logo homi – falou Zé Doca, que a esta altura tinha segurado ferozmente a camisa de Petrusco.

– Oxi, é pra dizer ou não?

– Diga!

– É sábado sim sô. Que dia mais podia ser ein?

– Valei-me minha Nossa Senhora! Tô morto! Tô morto! Tô morto! Tô morto!...

– O que foi filho? tá preocupado com o que? – interrompeu Dona Rita.

– A corrida!

– Que corrida? – questionou a velha.

– De cavalo... com o Sô Antunes... Eita diaxo.

– Ah, ocê me falou ontem dessa tal corrida mermo.

– Será que alguém pode me explicar que diaxo de corrida é essa?

– É uma história cumprida vó, depois lhe conto tudim, prometo, mas agora eu tenho de fugir – disse Zé Doca, enquanto tentava convencer um par de sapatos velhos, dois números menor que o que calça, a entrar nos seus pés.

– Fugir? – surpreenderam-se Petrusco e Dona Rita, em uníssono.

– Sim, fugir! Se eu for nessa corrida, é claro que eu vou perder, e o Sô Antunes vai me matar. Se eu fugir pelo menos tenho chance de viver...

– Mas, fugir pra onde filho?

– Num sei não vozinha, mas quando a poeira baixar prometo que volto pra pegar a sinhora.

– Meu filho...

– Me dá sua benção vó.

– Mas...

– Por favor.

A velha totalmente tomada pelas lágrimas que escorriam face abaixo fez o sinal da cruz em Zé Doca.

– Deus te abençoe meu filho.

– Brigadu, vó.

Zé Doca caminhou até a porta e retirou-lhe a trava.

– Petrusco, cuide dela até eu voltar.

Itamar Petrusco, que naquele momento tentava conter o pranto da velha, balançou afirmativamente a cabeça. Zé Doca agradeceu com um sorriso bastante singelo, até porque, dentro das atuais circunstâncias, não lhe era razoável exigir sorriso algum.

A porta se abriu. O brilho do sol reflete para dentro da casa o semblante de dois homens. Zé Doca é subitamente tomado por pânico absoluto. Estava suando frio, e, além disso, tremia todo o corpo, como se estivesse prevendo algo de muito ruim.

Zé Do-Do-Do-ca?

Aquela voz que emanava de um dos sujeitos foi captada pelo sistema auditivo do rapaz de modo que lhe pareceu assustadoramente familiar. O Tique nervoso do outro sujeito também, bem como a charrete que estava estacionada um pouco atrás.

– O sinhozinho mandou a gente vim te pegar. A estrada é cumprida. Ele disse que num queria que tu dissesse que perdeu a corrida só porque tava cansado. Homi bom o Sô Antunes – disse Petrônio. –... se bem que acho que ele tava era achando que tua ia tentar fugir, ou algo parecido... – completou.

Zé Doca Petrificou-se.

Os capangas o seguraram pelos braços e lhe arrastaram em direção a charrete.

– Peraí, num leve ele não, pelo amor de Deus.

– Desculpe sinhora, ordens do Sô Antunes.

– Pelo amor de Deus, faça isso naum...

Os capangas esnobaram a velha, que se derretia em um choro de dar pena a qualquer pessoa que tivesse um bom coração, o que não é o caso daqueles homens.

– Petrusco, por favor, num deixa eles levarem meu filho.

– Mas o quê que eu posso fazer? Eles tão armado – disse Petrusco, sentindo-se completamente impotente em meio àquela situação.

– Pois vá com ele...

– Mas ele pediu pra eu cuida da sinhora...

– Por favor filho, ele precisa mais de ajuda do que eu...

– Eita diaxo...

O choro soluçado de Dona Rita tocou o coração de Petrusco, que após um breve momento de hesitação, concordou com a velha. A charrete se preparava pra partir, quando Itamar Petrusco apareceu.

– Com licença dotôres, é que eu tenho que ir com ocês...

– Co co-com nó-nó-is? – questionou Potrínio.

– Cê tá maluco cabra. A ordem era levar esse aqui e pronto – completou Petrônio, apontando para Zé Doca, que ainda estava petrificado.

– Mas é que eu que preparei ele pra essa corrida, tenho que tá lá pra dar apoio...

– Se ele preci-ci-sar de a-a-apo-poio que com-compre uma ben-bengala...

– Além do mais tem que ter alguém que não seja da fazenda pra competição ser justa, né não? Já pensou o pessoal aí pela cidade dizendo "Ah, o Seu Antunes só ganha corrida que ninguém vê, deve tá trapaceando...". não que eu ache que ele seja trapaceiro ou algo assim, só que pega mal né não?

Os irmãos refletiram por um instante. Depois começaram a debater sobre a possibilidade de levar Petrusco com eles ou não, até chegarem a um veredicto.

– Entra logo.

– Valeu cabras...

– Ligêro que tamo apressado.

– Reze por nós Dona Rita... – gritou Itamar Petrusco.

– Pode deixar meu filho.

E assim deu-se início àquela que poderia ser a última aventura da vida do desafortunado rapaz de alcunha Zé Doca.

CAPÍTULO 18

A charrete já cruzava a fazenda dos Bavarianos quando Zé Doca demonstrou sinais de recuperação. Definitivamente aquela não fora uma viagem agradável. Na verdade fora de uma monotonia irritante. Itamar Petrusco até tentou quebrar o silêncio narrando algumas de suas épicas aventuras amorosas, como a vez em que transou com uma idosa dentro de um rio e fora atacado no sexo por um cardume de peixes tarados e famintos, ou o dia em que saiu com uma senhora que mais tarde se revelaria um transexual bem dotado. Irritou-se não tanto por descobrir que se tratava de um transexual, mas o fato de órgão dele ser maior que o seu o deixou profundamente abalado.

Entre uma narrativa e outra de Petrusco, Potrínio gaguejava uma ou outra piada absolutamente sem graça, mas que ainda assim provocava sorrisos escandalosos de Petrônio.

Zé Doca estava alheio a tudo aquilo e quando retomou à normalidade percebeu o quão tediosa era a situação e decidiu voltar ao estado anterior. Sorte dele não ter ouvido a última piada de Potrínio.

– Ocê-cê sa-sabe o que-que é um uru-uru-urucú?

– Não! – responderam Itamar e Potrinio.

– Ne-ne-nem e-e-eu – encerrou.

Petrônio caiu na gargalhada. Itamar, após ter sido cutucado por Potrínio, que, em um gesto ameaçador, exibia a arma que carregava na cintura, também sorriu.

Naquele momento a charrete passeava próximo à mansão dos Bavarianos. Zé Doca observava-a dedicadamente, como se estivesse procurando alguém. A julgar pela sua cara de descontentamento segundos depois, se estivesse realmente procurando por alguém, teria fracassado em sua missão.

Percorreram mais algumas milhas até chegarem ao local de destino. Era um extenso terreno arenoso onde se percebia o esforço de alguns poucos capins em fixarem-se ali. Era um cenário pouco agradável. Não havia árvores ali. Aliás, não havia nada ali, a exceção de um cercado de madeira que formava um grande corredor a se perder no horizonte, de modo que, quando Zé Doca pôs os olhos ficou claro que ali seria o seu destino final.

A charrete estacionou próximo à cerca. Zé Doca foi o último a descer, e ainda assim preferiu não tê-lo feito. Itamar Petrusco estava abobalhado com a imensidão do local e soltou pulos de admiração.

– Eita fazenda grande da gota minino. O que cê achou hein Zé?

– Até que é um bom lugar prum pobre coitado como eu morrer... – respondeu.

– Eita rapá, deixe desses pensamentos besta. Vamu curtir o ambiente.

Itamar Petrusco continuou com seu discurso polido sobre como aquele lugar lhe era agradável e também sobre como deveria ser mais agradável ainda ser o proprietário daquilo tudo, mas Zé Doca se mostrava indiferente. De repente surgiu um semblante que lhe era muito familiar e agradável. Parou a não mais de metro de distância.

– Oi! – disse Maria Clara, com um sorriso encantador no rosto.

– Ma-Ma-Maria Cla-Clara?

– Vejo que ainda lembra meu nome – brincou a moça.

– Mas, oxi, que claro né? Desculpe os modos, é que num esperava ver a sinhazinha por aqui não... – disse, meio sem jeito.

– Ora Zé Doca, eu moro aqui, lembra?

Os dois sorriram bastante.

– Vejo que veio com um amigo.

– Ah, sim! tô com a cabeça no mundo da lua mermo sinhá. Esse aqui é o...

– Itamar Petrusco, ao seu dispor... – interrompeu Petrusco, curvando-se perante a moça e beijando delicadamente a sua mão. – Agora vejo porque ocê se apaixonou, Zé. É realmente uma moça muito bonita, se fosse mais velha... – continuou.

– Como assim "se apaixonou"? Como assim "mais velha"? – perguntou Maria Clara meio sem entender o discurso de Petrusco.

– Liga pra ele não sinhá – disse Zé Doca, enquanto cutucava Petrusco.

– De qualquer maneira, só vim lhe desejar sorte na corrida.

A atitude altruísta de Maria Clara encantou Zé Doca, que, se é que era possível, apaixonou-se mais ainda pela moça. Decidiu que caso sua vida chegasse ao fim naquele instante teria sido o homem mais feliz do mundo simplesmente pelo fato de ter visto sua amada pela última vez, o que deixou seu cérebro bastante confuso sobre o que seria, de fato, felicidade, pois já que Maria Clara era o motivo da felicidade de Zé Doca, como poderia ele estar feliz sabendo que nunca mais tornaria

DESVENTURAS DE ZÉ DOCA

a ver a sua amada. Mas essa não era uma questão que devesse ser resolvida naquele instante e então o cérebro do rapaz achou melhor tirar uma folga e procurar alguma sombra que lhe protegesse os poucos neurônios que ainda restavam.

— Me desejar sorte?

— É sim, acredite. Você vai precisar. Meu pai é muito bom nisso.

— Já ouvi falar que ele é o melhor por essas bandas... – disse ele, desolado.

— Ora Maria Clara, não posso te deixar sozinha nem um minuto que você se mistura com essa gentinha miserável – disse uma voz.

Era Eduardo. Estava elegantemente vestido, como se fosse a algum evento especial, e de fato, presenciar o fim da vida do miserável Zé Doca era para ele um evento muito especial. Trazia no rosto a expressão esnobe de sempre. Parou próximo à Maria Clara e passou um dos braços por cima dos ombros dela, numa tentativa absolutamente mal sucedida de se impor aos ali presentes. Itamar Petrusco incomodou-se com o comentário de Eduardo e decidiu que aquele não era nem de longe o tipo de sujeito com quem gostaria de beber algo e prosear em alguma mesa de bar. Petrusco é aquele tipo de pessoa que não costuma levar desaforo para casa, e sentiu-se ofendido naquele momento não só pelo fato de realmente ter sido ofendido, mas principalmente porque seu amigo também fora ofendido, de modo que decidiu travar um duelo particular com Eduardo.

— Querido, isso são modos de falar com meus amigos?

— Vejo que você escolhe muito mal as amizades.

— Não tanto quanto escolhe os namorados – retrucou Petrusco.

— Como é que é? O que você falou?

— Oxi, além de mau caráter, é surdo também?

— Olha como você fala comigo seu meliante.

— Calma, pessoal – interveio Maria Clara –, não vamos alterar os ânimos. Assim vocês só deixam o Zé Doca mais nervoso para a corrida.

— Que se dane esse infeliz – esbravejou Eduardo.

Aquela frase causou um imenso dissabor em Maria Clara, que ficou estupefata com a atitude agressiva de seu noivo, que sempre se mostrou muito calma.

— Eduardo, peça desculpas!

— Pedir desculpas a essa plebe? Querida, este sol está te fazendo delirar. Venha, vamos procurar um local melhor pra ficarmos, sobretudo onde não tenha gente desse tipinho aí – disse Eduardo, virando-se e saindo pelo mesmo caminho que havia chegado.

– Peço desculpas pelos modos dele. Às vezes nem eu o entendo… – disse ela meio desajeitada.

– Tudo bem sinhá, num precisa se desculpar.

– Sem querer faltar com respeito com vossa senhoria, mas eu que num entendo como que uma moça de tal porte vai se casar com um sujeito daquele – questionou Petrusco.

– Ah, ele é assim às vezes, mas no fundo é boa pessoa, incapaz de fazer mal a quem quer que seja.

– Sei não, esse pessoalzinho da cidade grande é muito mimado. Quer saber, vou é dá uma esticada nas pernas que é melhor. Novamente, fiquei honrado em conhecer Vossa Excelência, de quem Zé Doca tanto falou – disse Petrusco, curvando-se perante Maria Clara e saindo antes que ela pudesse responder, ou ainda, antes que Zé Doca pudesse lhe dar um cutucão.

Então, finalmente o que parecia impossível até mesmo para os mais crédulos. Zé Doca e Maria Clara estavam sozinhos. Nem nos seus pensamentos mais otimistas ele achou que seria possível isto acontecer, tanto que, quando aconteceu, não soube bem o que fazer e ficou totalmente abobalhado, e, o que é pior, mudo. Aquele silêncio doloroso só era interrompido por alguns momentos de trocas de olhares. Maria Clara, tímida que é, avermelhou a face. Estava inquieta, como se aquela situação estivesse lhe incomodando. Zé Doca, talvez embalado pelo fato de que aquele era possivelmente o último dia de sua vida, tomou coragem para romper o silêncio.

– Nossa sinhá, vendo assim de perto, a sinhora é mais bonita do que eu pensava, se é que é possível.

– Ora rapaz, assim você me deixa sem graça… – disse ela, cada vez menos corada.

– Duvido muito que alguém como a sinhá, com um sorriso lindo desse, consiga ficar sem graça.

– Agradeço os elogios…

– E digo mais – interrompeu Zé Doca, totalmente confiante e empolgado, avançando lentamente em direção à Maria Clara –, a sinhora é tão bonita, mais tão bonita que dá inveja inté na lua.

– Você tá me deixando sem graça de novo… – disse ela, recuando um pouco.

– Mas, oxi, e os seus olhos. Ah, os seus olhos… – suspirou ele.

DESVENTURAS DE ZÉ DOCA

– Quê que tem os meus olhos? – preocupou-se a moça.

– Não há sol no mundo que brilhe mais que eles.

– Que gentileza a sua...

– E sem querer ofender, mas a sinhá inté parece aquele tal de Medusa?

– A medusa? – espantou-se ela. – Mas, por quê?

– É porque – disse ele de uma distância que lhe permitiu segurar delicadamente as mãos de Maria Clara, que não esboçava qualquer reação – toda vez que eu olho nos olhos da sinhá fico paralisado.

Maria Clara comoveu-se com os elogios de Zé Doca. Sentiu que havia algo de diferente naquele desventurado. Uma pureza que geralmente não se encontra nas pessoas.

De fato Zé Doca era um daqueles tipos incomuns, não só por sua incomum afeição por insetos das piores espécies, ou sua incomum gula por rapadura com sal e limão. O sujeito, embora absolutamente desprovido de recursos, possui um coração louvável e uma incrível capacidade de ajudar os outros, salvo, é claro, se a questão envolver dinheiro, até porque isso ele não tem. Também não era necessário já que não tinha apego a coisas materiais, tampouco almejava grandes conquistas, e talvez tenha sido esta simplicidade que tenha atraído a atenção de Maria Clara.

– Você é tão... tão... – falou Maria Clara ao mesmo tempo em que Zé Doca inclinava-se em sua direção de modo que poucos centímetros separavam seus corpos.

– Tão o quê? – perguntou ele, inclinando-se ainda mais.

– Tão...

– Que diacho tá acontecendo aqui? – disse uma voz que soou muito agressiva.

Aquela voz que poderia facilmente quebrar qualquer aparelho medido de decibéis atingiu Zé Doca no âmago, e toda aquela sensação maravilhosa que lhe envolvia até então, havia sucumbido. Nada de anormal em se tratando do pobre sujeito já que com ele até mesmo quando as coisas parecem estar indo bem, na verdade não estão.

O sujeito do qual ecoou aquela voz agressiva surgiu montado sob um imponente cavalo, também aparentemente agressivo, e não se esforçou nem um pouco para esconder seu semblante, imensuravelmente agressivo. O susto foi tamanho que Maria Clara e Zé Doca recuaram, aumentando consideravelmente a distância entre os dois.

– Sô-Sô Antu-tu-nes? – gaguejou Zé Doca.

– Filha, que diacho cê faz aí com esse cabra hein? – disse o velho, franzindo a testa.

– Ora pai, a gente só tava conversando...

– Pois trate de achar alguém melhor pra conversar.

– Mas pai...

– E tu, cabra safado – interrompeu –, vai querer morrer antes mesmo da corrida é? Se for diga logo que meu revólver tá com sede de sangue igual um morcego.

– Não, sô, eu já tava indo pra lá...

– Acho bom, porque se tem uma coisa que eu odeio mais do que esperar, é um cabra safado me fazer esperar.

– Que é isso sinhô, já tô indo.

– Pois ande logo, num tenho o dia todo não...

– Entendi sinhozinho.

Seu Antunes partiu em direção ao campo de corrida seguido pelos olhos atentos de Zé Doca, que queria se certificar que realmente o velho tinha partido.

– Bem, devo ir Zé Doca.

– A sinhá num vai ver a corrida não?

– Não vai dar, tenho que resolver alguns detalhes do casamento... mas tenho certeza de que você vai se sair bem dessa.

– Sei não viu... – disse ele com um certo desânimo.

Maria Clara, com a leveza de sempre, aproximou-se e pôs as mãos nos ombros de Zé Doca de uma maneira que o deixou bastante confortável.

– Acredite, vai dar certo – disse ela com convicção.

Os dois se olharam por alguns segundos, então Maria Clara tateou o pescoço com suas delicadas mãos e retirou cuidadosamente um colar que usava.

– Fique com isto. Ele sempre me deu sorte e vai dar pra você também.

– Sinhá... num sei se devo aceitar...

– Se você não aceitar eu vou ficar muito ofendida.

– Se é assim...

Os dois trocaram olhares calorosos enquanto ela passava o colar para ele. Era um lindo colar de prata. Na ponta havia um pingente em forma de cruz. Zé Doca o segurou firme com a palma da mão.

– Brigadu sinhá...

DESVENTURAS DE ZÉ DOCA

– Não há de quê. Bem, agora vou indo. Boa sorte na corrida.

– Brigadu.

Maria Clara seguiu para a mansão. Zé Doca, estupefato, observava ao desfile da moça. Em seguida pensou em enfiar o presente que acabara de ganhar no seu local convencional de guardar coisas, mas decidiu colocá-lo em outro lugar já que aquele presente era bastante especial – até porque não costumava ganhar presentes – e achou melhor aprumá-lo onde esse tipo de coisa convencionalmente era usado: o pescoço. Foi uma situação no mínimo bizarra, se considerarmos que o pescoço dele era consideravelmente volumoso em relação ao de Maria Clara. O colar ficou muito apertado de modo que mais parecia uma daquelas coleiras usadas em cães bravos. Estava tão apertado que ocasionou uma desconfortável sensação de falta de ar e então Zé Doca julgou que seria melhor colocar aquele colar no seu local convencional de guardar coisas e assim o enfiou na cueca, partindo em seguida em direção ao campo de corrida, não antes de rezar um pouco e clamar por algum milagre divino que fosse suficientemente capaz de evitar que houvesse a corrida, mas Deus estava muito ocupado naquele momento para ouvi-lo.

CAPÍTULO 19

Enquanto Zé Doca seguia ao encontro do Sr. Antunes um filme que narrava toda a sua trajetória de vida passeou por sua cabeça. As cenas eram tão chatas e entediantes que caso aquele filme estivesse em cartaz em algum cinema popular com entrada franca ainda assim não haveria pessoas interessadas em assisti-lo. Talvez a Blá Editora, famosa por lançar livros que podem ser facilmente encontrados em qualquer banheiro de rodoviária da região, até tivesse interesse em comprar os direitos autorais e lançar algum livro de autoajuda, mas Zé Doca sequer sabia da existência daquela editora, tampouco o que significava a expressão "direitos autorais". O rapaz estava bastante nervoso. A ideia de que ele poderia morrer a qualquer momento pareceu atiçar seu coração que batia em ritmo bastante acelerado.

Segundos depois já era possível ver a cabeça da pista onde aconteceria a corrida, é claro, se o coração de Zé Doca não lhe premiasse com um ataque cardíaco antes. Evaldo e os irmãos Petrônio e Potrínio proseavam animadamente por ali, enquanto Seu Antunes preferiu conversar com seu animal, um pouco mais afastado. Era um autêntico quarto de milha. Tinha quase dois metros de altura e uma fisionomia bastante agressiva, capaz de amedrontar qualquer outro da espécie. A pelagem clara era muito bonita e parecia absolver muito bem os raios de sol. Seu Antunes deixava as mãos escorrerem carinhosamente por todo o pescoço do equino. Aquele era o seu preferido.

— Já não era sem tempo... – disse Seu Antunes quando Zé Doca aproximou-se.

— Pois é... – respondeu Zé Doca, meio sem jeito.

— Seu cavalo está ali. Já que ocê num veio escolher, mandei trazer o que ocê tava naquele dia – disse o velho, indicando onde o animal estava.

O cavalo de Zé Doca estava amarrado à cerca a poucos metros dali. O rapaz, de cara, o reconheceu e foi banhado por uma súbita felicidade.

— Espoleta! – gritou ele todo contente, seguindo em direção ao animal.

Por outro lado, Espoleta deixou transparecer uma sensação exatamente oposta à do rapaz. Estava amedrontado. Começou a se debater numa tentativa de se soltar da corda que o prendia à cerca e sair em disparada,

DESVENTURAS DE ZÉ DOCA

mas não conseguiu. Claro que não conseguiria. Aliás, nada, nem ninguém jamais conseguiu escapar de um nó feito por Evaldo. Ele era imbatível nisso. Dedicou-se por muitos e muitos anos ao aperfeiçoamento desta atividade e quando soube que as grandes empresas, por ocasião de análise de currículo, não consideravam isso lá grande coisa ficou muito deprimido. Descobriu seu talento ainda criança quando conseguiu a proeza de capturar um mosquito amarrando uma de suas pernas a um pedaço de linha de anzol, fato este que lhe rendeu uma entrevista para um jornal da região, sendo eleita a pior matéria de todos os tempos pelos seus meia dúzia de assinantes que de tão insatisfeitos rescindiram o contrato com a empresa e decidiram criar um jornal próprio.

Na medida em que Zé Doca aproximava-se o equino se debatia mais violentamente, além de relinchar em bom tom.

– Mas, oxi. Calmo sô, deixe de avexo, sou eu, num te alembra não?

Aos poucos Espoleta começou a demonstrar sinais de cansaço, permitindo assim, que Zé Doca chegasse mais perto. O jovem então cuidadosamente pôs a mão no corpo do animal e lhe deus umas palmadas leves.

– Eita bixão bonito da gota.

Espoleta já exausto ainda tentava demonstrar de todas as maneiras possíveis que Zé Doca não era bem vindo, mas rendeu-se ao perceber que ele não dava a mínima para isso.

– Óia, eu sei que a gente teve um desentendimento daquela vez passada, mas hoje tô precisando de tu. Ocê tem que correr mais que aquele cavalo ali ó – disse ele apontando para frente, de modo que não ficou muito claro se ele se referia ao outro equino ou a pessoa que estava montada sobre ele, no caso o Sr. Antunes –, porque se a gente num ganhar esse diacho de corrida eu vou sair daqui direto pro cemitério, entendeu sô?

Espoleta ignorou completamente Zé Doca.

– Se eu morrer ocê vai ficar triste num vai?

O equino continuou indiferente.

– Foi o que eu pensei. Bom garoto – disse Zé Doca, aplicando mais algumas palmadas carinhosas no animal.

– Vamu logo cabôco, tá na hora – interrompeu Seu Antunes. – Evaldo, desamarre o bixo aqui que eu tô apressado.

– Tá bom patrãozinho.

Atendendo de pronto o chamado do velho, Evaldo desamarrou Espoleta e entregou-o à Zé Doca, que o segurou hesitante.

– Tome, vá logo!

– Me diz uma coisa...

– Que é?

– Ocê acha que eu tenho alguma chance de ganhar essa corrida?

– Tu? Ganhar? – indagou Evaldo, caindo na gargalhada. – Cada uma que a gente ouve... – completou, dando de costas para o rapaz.

Aquela descrença abalou Zé Doca, que só recuperou-se com um solavanco que Espoleta deu, tentando escapar da corda e obrigando-lhe a segurar com mais força. Mas de alguma maneira absolutamente incompreensível, aquela atitude desesperada do animal de se libertar foi interpretado por ele como um sinal divino de que as coisas dariam certo, e então arrastou Espoleta até o exato local da corrida. Não foi tão fácil como se imagina, já que o equino ofereceu bastante resistência no início, porém depois achou melhor se deixar levar de uma vez, porque como até os cavalos sabem, não se deve contrariar os loucos.

Seu Antunes o aguardava já devidamente montado. Zé Doca percebeu que havia uma lista branca desenhada no chão que unia verticalmente os dois extremos da cerca e entendeu que deveria se posicionar ali.

– Vai montar no bicho não?

– Mas, oxi, já tô indo sinhozinho.

Zé Doca ainda hesitou um pouco. Estava tentando lembrar como havia conseguido montar no animal naquela vez anterior. Não era muito difícil para ele recordar já que havia poucas informações armazenadas no seu cérebro, que inclusive possuía algumas áreas absolutamente vazias e que acabavam por funcionar como uma espécie de atalho na busca pela informação requerida.

Realmente seria bastante fácil lembrar, não fosse o fato de que exatamente aquela informação que buscava fora cruelmente apagada de sua memória no dia anterior, devido à forte pancada na região do crânio que sofreu ao desmaiar.

Zé Doca então inteligentemente desistiu de buscar na memória o que precisava. Resolveu que aquela não era uma questão de técnica, e sim de prática, e foi à luta. Procurou ajustar a cela de um modo que lhe agradasse, segurou firme o cabresto, colocou o pé direito no estribo, respirou fundo e pulou. Devido a força empregada no pulo seu pé deslizou culminando em um tombo cinematográfico. Porém, tão rápido quanto caiu, ergueu-se novamente. Seu Antunes observou sem entender bem o que aconteceu.

DESVENTURAS DE ZÉ DOCA

– É... tava só testando pra mó de ver se tá tudo direitinho aqui...

– E num está?

– Tá!

– Então ande logo senão teu pescoço é que vai ficar fora do lugar – disse Seu Antunes, no tom ameaçador de sempre.

Zé Doca limpou um pouco a poeira que havia grudado em seu corpo e segurou novamente Espoleta.

– Ocê quer me matar antes da hora é? Ajuda aí homi. Facilita as coisas – sussurrou ele.

Não mais que dez tentativas frustradas depois, o rapaz finalmente conseguiu montar Espoleta. Pronto. Estavam finalmente a postos.

– Potrínio!

– Si-sim si-nho-nho-nho-zinho? – respondeu Potrínio, que estava um pouco atrás, juntamente com seu irmão e Evaldo.

– Dê um tiro pra cima pra corrida começar logo.

– Enten-ten-tendi-do si-sinho.

– Sô Antunes? – disse Zé Doca.

– Que é? – resmungou o velho.

– E quais são as regra?

– As regra? Muito simples: Quem chegar aqui no ponto de saída primeiro vence.

– Ah... entendi – disse Zé Doca, bastante introspectivo.

– En-então, pó-po-pos-so ati-ti-rar si-si-nhô?

– Quando quiser!

Seu Antunes se posicionou com naturalidade, como se já soubesse o resultado daquele evento. Por outro lado, Zé Doca rezava desesperadamente. Potrínio retirou cuidadosamente a arma que trazia na cintura. Era um revólver calibre 38, bastante velho, o que justifica a cautela do rapaz, já que qualquer movimento brusco poderia lhe custar uma das pernas. E não seria a primeira vez. Aquela arma era peculiarmente traiçoeira de tal modo que já alvejara o rapaz certa vez quando ele estava dormindo. Conta-se que ela disparou devido à pressão exercida pelo ronco estridente de Potrínio, mas até hoje nada foi provado.

Zé Doca estava bastante apreensivo. Soava frio. Seu Antunes permanecia indiferente. Potrínio ergue o revolver o mais alto que conseguiu. Retirou a trava de segurança, ou o que restava dela.

E de repente...

– Ba-Ba-Bang – disse a arma velha, que parecia ter adquirido a gagueira do seu proprietário.

Seu Antunes deu um pontapé leve na barriga do equino, que relinchou, ergueu as patas dianteiras e em seguida saiu em disparada. Já Espoleta continuou imóvel, como se nada estivesse acontecendo.

– Umbora homi! Umbora!

Zé Doca, extremamente agitado, começou a dar socos e pontapés em Espoleta, mas não surtiram nenhum efeito. A essa altura, a figura de Seu Antunes já havia desaparecido no horizonte. Foi então que o rapaz teve uma ideia – daquelas que ele retirava dos atalhos de seu cérebro com uma precisão cirúrgica – bastante inescrupulosa. Recuou um pouco sobre a cela, apoiando-se na garupa. Espoleta incomodou-se com aquilo, mas antes que pudesse demonstrar qualquer reação, Zé Doca, segurou firme o cabresto com uma das mãos, inclinou-se para trás e, com a outra mão, pressionou firme o escroto do equino. A dor era tamanha que ele começou a se debater furiosamente. Zé Doca conseguiu se equilibrar e retornar ao dorso do animal, dando-lhe um pontapé no ventre. Espoleta relinchou bastante e saiu em disparada. Petrônio, Potrínio e Evaldo assistiram toda a cena e foram fulminados por um impiedoso ataque de risos.

– Isso Espoleta. Vamo mostrá como é que se faz.

O cavalo partiu pelo campo de corrida. Era um beco de pouco mais de dez metros de largura e um quilômetro e meio de extensão. Fora projetado exclusivamente para sediar a corrida anual dos moradores da região, sendo que Seu Antunes sagrou-se campeão em todas as edições, razão pela qual estampa o nome do troféu que premia o evento. No início havia uma arquibancada que percorria parte da extensão do pátio de corrida, porém devido à ausência de público, a mesma perdeu sua utilidade e acabou sendo vendida a um circo que, por causa de uma série de eventos bizarros, que envolviam basicamente bebidas, festas e um pneu furado, passava o final da temporada na cidade.

Espoleta alcançou uma velocidade inacreditável. Já haviam percorrido cerca de quinhentos metros. Zé Doca segurava firme e embora assustado, estava bastante feliz, e à medida que a figura do velho Bavariano surgia cada vez mais visível no horizonte a sua felicidade aumentava.

– Vai Espoleta! Mais rápido homi. Vai deixar aquele cavalo véi feio ganhar de tu, vai? Mas, oxi, nam. Rum hum – disse Zé Doca, aplicando mais alguns pontapés no bicho.

DESVENTURAS DE ZÉ DOCA

A poeira deixada pelo galope do quarto de milha incomodou Espoleta, que começou aproximar-se perigosamente da lateral esquerda da pista.

– Êpa, pra i não, pra i não sô!

Zé Doca tentou desesperadamente controlar o cavalo manuseando o cabresto, mas não obteve sucesso. Depois achou que inclinar o corpo para a direita seria uma boa ideia, mas não foi, e à medida que o tempo ia passando, a cerca parecia mais ameaçadora. Estava agora a poucos centímetros de distância. O impacto parecia inevitável. E foi. Seu joelho chocou-se brutalmente contra a cerca ocasionando um corte no pano de sua calça, e outros tantos nele próprio.

– Argh! Ai! Ai! Ui! Eita Porra! Ai! Ui! Argh! Ai! – gritou ele.

A dor era imensa, quase insuportável. O desventurado até cogitou pular do animal, mas achou que não sobreviveria ao impacto no chão. Talvez aquele fosse o fim da linha para Zé Doca, ou, melhor dizendo, seu próprio fim. E como pouca desgraça para ele é lucro, as coisas ainda pioraram. Algumas dezenas de metros à frente, surgiu o semblante do velho Antunes, cada vez mais perto, o que teria sido ótimo para o rapaz, não fosse o fato de que ele estava vindo exatamente em sua direção. Seu Antunes era realmente um excelente montador e já havia chegado ao final da pista, fazendo agora o percurso de volta. Embora soubesse desde o início que seria o grande vitorioso, não aliviou em nada e explorou o seu cavalo ao máximo. A questão agora era pessoal. Corria para tentar melhorar seu tempo recorde na pista, que já era bastante louvável, e sua atenção fora dividida entre olhar para o campo e para o relógio que trazia no pulso.

Zé Doca, por outro lado, era um misto de dor e desespero.

– Argh! Ai! Ui! Ai minha Santa Maria das dor de joelho, me ajude! Argh! – gritava ele.

O Joelho do rapaz estava todo ensanguentado. Espoleta, de outra sorte, parecia se divertir com aquilo tudo, e se afastava um pouco, tomava impulso, e depois retornava propositalmente de encontro à cerca, machucando ainda mais o joelho do infeliz.

Naquele instante Zé Doca, que ainda gritava bastante, teve uma ideia, ou algo parecido. Aproveitou o momento em que Espoleta se afastou da cerca para descansar um pouco. Quando o cavalo retornou para tentar machucar-lhe mais uma vez, o rapaz estirou a perna, com bastante sacrifício devido as dores no joelho, e, no tempo que julgou exato, colocou o pé na cerca e corajosamente se impulsionou para o lado oposto, puxando o cabresto com toda a força que lhe restava, a qual, devido a atmosfera desesperadora que envolvia a situação, foi bastante razoável. Espoleta girou cento e oitenta graus. Zé Doca quase caiu, mas conseguiu segurar as rédeas do cavalo e se recompor. Corriam agora de volta ao ponto inicial da pista. Seu Antunes ficou perplexo com aquilo tudo e acelerou ainda mais.

– Que diaxo esse cabra tá fazendo? – indagou ele.

Evidentemente aquela era uma pergunta retórica, pois o Sr. Antunes sabia muito bem o que Zé Doca estava fazendo, ou tentando fazer e se irritou profundamente. A julgar pelo franzir de sua testa e o ruído que seus dentes faziam ao trincar uns nos outros, a irritação era maior que todas as outras pretéritas.

Zé Doca percebeu a aproximação do velho e tentou de tudo para que Espoleta atingisse uma velocidade maior.

– Vai Espoleta, arroxa homi!

Pouco mais de vinte metros de distância separava os dois corredores. Zé Doca tentava a todo custo evitar que Espoleta o lançasse contra a cerca, e estava conseguindo. O mesmo medo que havia lhe dado forças para alterar a rota do cavalo, agora lhe dava técnica para guiá-lo.

– Vai! Vai! Corre! – gritava Zé Doca.

Espoleta seguiu correndo, pulando e cambaleando, mas não atingiu seu objetivo, que era derrubar Zé Doca, e aos poucos fora se convencendo que teria que se acostumar com ele. Seu Antunes e o seu quarto de milha diminuíram consideravelmente a distância que os separavam do oponente. O ponto de chegada já estava bastante visível. Zé Doca olhou para frente e se animou bastante por saber que estava perto daquilo tudo terminar, depois olhou para trás e se desesperou completamente. O velho havia avançado bastante, de modo que conseguiu alcançar o rapaz.

– Cabra safado! – gritou ele.

– Eita diaxo! Vai Espoleta! Vai!

Entretanto, Espoleta até se esforçou, mas estava nitidamente cansado. Havia alcançado seu limite. Seu Antunes então assumiu o controle da corrida, passando à frente de Zé Doca, que se lamentou bastante.

– Ai, meu Deus… Ai, minha Nossa Sinhora… Tô morto. Tô morto. Mortinho da Silva…

Faltavam pouco mais de cinco metros para cruzarem a linha de chegada. Seu Antunes tinha uma ligeira vantagem, voltando então a se preocupar com o tempo, observando o relógio atentamente. Mas de repente,

DESVENTURAS DE ZÉ DOCA

e parafraseando o famoso poeta que não recordo o nome, no meio do caminho surgiu uma pedra, solta sobre o solo. Na verdade foram duas só que uma era tão inferior à outra que se envergonhou de estar ali e resolveu recuar para dentro do solo. Zé Doca estava tão estarrecido que nem a percebera. Uma pedra solta em meio a uma pista de corrida de cavalos não era nada anormal, ou perigoso. O que tornou aquela pedra, especificamente, anormal e perigosa, foi o fato de Espoleta pisar sobre ela. Naquele instante a pedra cedeu, fazendo com que ele caísse e se arrastasse pelo chão. Zé Doca, por sua vez, fora brutalmente arremessado para frente. Seu Antunes ainda observava o relógio, com um vasto sorriso estampado no rosto, como se estivesse alcançado seu objetivo, quando percebeu em segundo plano a figura do rapaz. Zé Doca ultrapassou o velho e caiu depois da linha de chegada. O impacto foi tão grande que causou vários estragos no solo e levantou bastante poeira. Os espectadores, no caso, Petrônio, Potrínio, Evaldo, e agora também Itamar Petrusco, que tinha retornado do seu passeio monótono e solitário, ficaram perplexos com a cena e correram em direção ao pobre infeliz. Seu Antunes, que parecia satisfeito por ter conseguido superar seu próprio recorde, se dirigiu até lá também. Quando a poeira baixou pode-se notar o semblante de Zé Doca totalmente imóvel, desacordado. À exceção de Seu Antunes, que ainda ajustava o relógio para ter a exata noção de em quanto havia diminuído seu tempo, os demais presentes demonstraram-se preocupados em relação ao estado saúde do rapaz.

– Zé Doca! Zé Doca! Acordi homi, acordi! – disse Itamar Petrusco, aplicando alguns socos no corpo de Zé Doca.

Mas ele não esboçou qualquer reação. Itamar Petrusco imaginou o pior e lacrimejou bastante. Já ensaiava a maneira como ia narrar a triste história da morte de Zé Doca para Dona Rita. Como iria explicar que falhou na missão de proteger o rapaz?

Não seria preciso.

De repente, e para o espanto de todos ali presentes, o rapaz pôs-se em pé em um salto de dar inveja a qualquer ginasta profissional.

– Eu ganhei! Eu ganhei! Eu ganhei! – gritava ele.

– Zé...

– Eu ganhei! Eu ganhei! Eu ganhei! – interrompeu, abraçando Petrusco.

Zé Doca estava eufórico. Parecia uma criança com um monte dinheiro em um parque de diversões. Distribuiu algumas cambalhotas, socos no ar e correu várias vezes em círculo até ficar tonto, descansou um pouco e depois retomou tudo novamente.

– Eu ganhei! Eu ganhei! Eu ganhei!

Ele não conseguia acreditar que estava vivo e não sabia bem o que fazer em relação a isso. A felicidade tomou conta do seu aspecto. Mas não por muito tempo.

– Cabra Safado! – brandiu Seu Antunes, ao tempo em que descia do cavalo.

Zé Doca congelou.

– Como é que tu teve a audácia de trapacear hein? – perguntou o velho, caminhando em direção a Zé Doca.

– Tra-tra-pa-paçear? E-eu?

– E quem mais poderia ser? – Esbravejou, segurando Zé Doca pela camisa, com uma força sufocante.

– Ai! Argh! Peraí sinhozinho, eu num trapaciei não, eu juro…

– Como não? Acha que eu sou cego é? Eu vi tu fazer a volta antes mesmo de chegar lá no final da pista. Aliás, tu num correu nem a metade, cabôco safado.

– Mas, oxi, mas qual era a regra da corrida que o sinhô falou?

– A regra era quem chegasse aqui primeiro ganhava.

– Intaum, eu cheguei primeiro. Ganhei, ué.

– Ora cabra, como é que ocê ganhou se nem foi até o final da pista hein?

– Mas a regra num dizia isso, dizia?

– Dizia não, mas…

– Intaum, regra é regra sô, né não?… – interrompeu Zé Doca.

– É… – disseram os demais presentes, depois de hesitarem um pouco.

– Que é que nada cabra safado, vou é te mandar pra debaixo da terra e é já – falou o velho, retirando imediatamente a arma e apontando-a para Zé Doca.

– Opa calma ai sô! – disse Petrusco, que tentou impedir a ação do velho, mas fora interrompido pelos seus capangas.

– Pelo amor de Deus sô, num me mate não. Mas, oxi, eu trabalho pro sinhô de graça aqui o resto da vida.

– E eu lá tô lhe oferecendo emprego? – indagou o velho, retirando a trava de segurança da arma.

– Click!

DESVENTURAS DE ZÉ DOCA

— Pelo amor de Deus sô...

— Pare de implorar que cabra froxo eu mato é duas vez, ora. A segunda é pra ter certeza que teve coragem pelo menos de morrer.

— Por favor sô...

Seu Antunes colocou o indicador no gatilho da arma, exercendo certa pressão. Zé Doca fechou os olhos e se pôs a rezar. O fim do desventurado parecia inevitável. Desta vez nada poderia salvá-lo. Lembrou então do colar que Maria Clara havia lhe dado e o retirou da cueca, segurando firmemente com a mão de direito.

Rogou por um milagre.

E o milagre chegou. A cavalo, como já havia acontecido em outra oportunidade.

Era mais um capanga do Sr. Antunes.

João de Assis, ou João Tripão, como alguns o chamava, era um sujeito moreno, alto e bastante magricela, de modo que algumas de suas costelas ficavam à amostra, como se estivesse lutando para atravessar a sua pele. Aparentava trinta anos, mas ninguém sabia ao certo. João Tripão não possuía registro de nascimento, nem outro documento qualquer. Nasceu em uma tribo indígena do interior do Pará, embora não fosse um deles. Seus pais eram na verdade membros de uma ONG de apoio aos povos indígenas, que por ocasião de uma grande tempestade que deixou a tribo ilhada, se viram obrigados a passar um bom tempo por lá e a preencher o bastante tempo ocioso que tinham praticando muito sexo. Não foi à toa que quando conseguiram sair da aldeia, ingressaram no mundo pornográfico. Ela protagonizou a série *Sexo com os esquilos*. Ele dedicou-se a direção de filmes voltados para o público homossexual. Como não entraram em consenso em relação a quem ficaria com o garoto, ele continuo na aldeia passando a ser criado pelos próprios índios, que julgavam, de acordo com a profecia local, ser ele "o escolhido" que traria paz e prosperidade para a tribo. Mas não foi isso que aconteceu, e, oito anos depois a tribo foi atacada por um grupo de extermínio e o rapaz se viu obrigado a fugir para um lugar onde jamais poderia ser encontrado. Escolheu então o Piauí.

João Tripão chegou bastante eufórico e estacionou próximo ao velho, que pareceu incomodado.

— Patrão! Patrão! — gritava João Tripão.

— Ave Maria, num posso mais nem matar ninguém em paz, hein? O que foi dessa vez? Disimbucha.

— Perdão sinhô, é que eu tenho uma notícia muito importante para vosmicê.

— Notícia? Importante?

— É sim sinhô!

— Hummn! É bom que seja mesmo se não já te enterro junto com esse aqui, só pela ousadia – disse Seu Antunes, apontando com a arma para Zé Doca.

— Intaum sô, é o seguinte...

— Disimbucha logo!

— O casamento... aliás, o padre...

— Que padre? Que casamento?

— O casamento de sua filha sinhô.

— Rum.

— O padre que ia fazer a cerimônio, o padre da cidade...

— Sim, sei. O quê que tem o padre?

— O Padre morreu sô.

— Num acredito – disse Seu Antunes, bastante abalado.

— Pois foi... A sinhazinha Maria Clara vai ficar muito triste de ter que adiar o casamento.

— Adiar? Mas já tá tudo certo pra ser amanhã, num posso fazer isso com minha filha não. Vamos ter que arranjar outro padre.

— Mas sinhô, ele era o único padre da região.

— Danou-se! E agora?

— Com licença sinhô – interrompeu Itamar Petrusco.

— O que é?

— É que eu num pude deixar de ouvir a conversa aí, sobre essa história de o padre ter morrido e o casamento da sua filha...

— E daí?

— E daí que o sinhô vai precisar de um outro padre pra fazer esse casamento né?

— E o quê que tu tem a vê? Aliás, quem é tu, cabôco?

— Itamar Petrusco, ou Padre Itamar, como sinhô preferir... – disse Petrusco, adiantando-se à resposta de Potrínio.

— P-A-D-R-E? – indagaram todos, inclusive Zé Doca.

— Sim, Padre! – respondeu Petrusco, confiante.

DESVENTURAS DE ZÉ DOCA

– Mas como assim padre? Essa região aqui só tem um padre, ou melhor, tinha, já que acabou de morrer.

– Pois é, mas é que eu tava morando muito longe, voltei agora...

– Longe?

– É sim. muito longe.

– Onde?

– Ah, tava lá pras bandas da Europa sabe

– Europa?

– É sim. Passei uns tempo lá com o Papa.

– Com o Papa?

– Pois foi. Mas cá pra nós, – disse Petrusco, colocando uma das mãos na boca para abafar um pouco o som – pense num velho ranzinza? Ele tinha inveja de mim sabe? Tudo por conta de que corria um boato nos corredores da igreja lá que o pessoal ia indicar meu nome pra sucessão, sabe?

– E Foi? – espantou-se Seu Antunes.

– Foi, num foi Zé Doca?

-... A-Arram! – confirmou ele, sem entender muito bem o que Petrusco planejava.

– Hum... será um prazer ter um padre da sua grandeza celebrando o casamento de minha filha.

– Agradeço o elogio meu filho – disse Petrusco, fazendo o sinal da cruz.

– Pois bem, a gente acerta já os detalhes do casamento, deixa só eu terminar esse serviço aqui que tá pendente. Esse cabra aqui – disse ele, apontando a arma para Zé Doca novamente. – tá me devendo a vida faz é dia.

– Não filho, por favor, não mate ele.

– Ó sô padre, sei que o sinhô é contra a violência e tal, mas isso aqui é coisa particular.

– Por favor, não mate ele.

– E por que eu não deveria?

– Porque eu preciso do meu coroinha pra organizar a cerimônia.

– Coroinha? – espantaram-se todos, inclusive Zé Doca.

– É sim, coroinha.

– Esse cabra aqui? – perguntou Seu Antunes, ainda apontando-lhe a arma.

– Arram! Esse aí mesmo.

– Num acredito...

– Pois é. É ou num é Zé?

– É-É... – respondeu Zé Doca, meio trêmulo.

– Mas eu nunca lhe vi na igreja – afirmou o velho, observando atentamente Zé Doca, que estava completamente atônito.

– Tava de folga – antecipou-se Petrusco –, pedi o padre daqui pra deixar ele descansar até que eu chegasse. O sinhô acredita que eu vim da Europa só buscar esse rapaz? Ele é dos bom viu?

– E é?

– É.

Seu Antunes coçou um pouco a cabeça, gesto repetido por seus capangas, e resolveu prender a arma novamente na cintura. Zé Doca suspirou aliviado.

– E o sinhô já celebrou muito casamento?

– Vixi, demais. Só presidente eu já casei uns quatro.

– Presidente?

– Arram. Da Bolívia, Paraguai, argentina.

– Nossa! Então o sinhô é dos melhores né?

– O pessoal é que diz isso aí...

– Hum... – resmungou Seu Antunes – então, quanto vossa alteza vai cobrar pra fazer a cerimônia?

– Quanto a isso eu lhe proponho um acordo – disse Petrusco.

– Acordo?

– É sim.

– Do que se trata? – questionou Seu Antunes, enquanto aprumava o bigode.

– É simples: eu realizo o casamento e você perdoa a dívida do meu coroinha – respondeu Petrusco, se referindo a Zé Doca.

– Não, isso não. Vai me desculpar sô padre, mas eu num sou do tipo de perdoar dívida não. Se a gente fizer isso com um, os outros tudim que me devem também num vão querer pagar.

– Lamento, então não vou poder casar sua filha.

– Peça o dinheiro que o sinhô quiser, mas isso não.

– Não quero dinheiro seu, filho. Só quero que você perdoe este rapaz. É a vontade de Deus.

– Não, aí num dá sô padre.

DESVENTURAS DE ZÉ DOCA

– Bem, então tenho que ir embora. Vamos Zé Doca, temos muitas missas para organizar – disse ele, dando de costas.

Zé Doca, ainda meio alienado, levantou-se e seguiu Petrusco. Seu Antunes e os capangas ficaram apenas observando.

– A si-sinha-zinha va-vai fi-fi-ficar muito-to tri-triste pa-patrão... – falou Potrínio.

– É sim! – concordaram os demais.

Enquanto isso, os semblantes de Zé Doca e Petrusco diminuíam cada vez mais no horizonte. O ambiente fora tomado por um silêncio mórbido que fora rompido com a passagem de uma pequena brisa.

– Ô padre? – gritou Seu Antunes.

– Diga, meu filho – respondeu Petrusco, surpreso.

– Trato feito! – falou o velho, depois de hesitar muito.

Zé Doca não conteve a euforia e deu socos de felicidade no ar. Itamar manteve a sobriedade.

– Só mais uma coisa, senhor.

– Pois não, padre.

– É que como cheguei agora, e teve o falecimento precoce do nobre padre, a igreja estará de luto e não poderemos dispor dos recursos, nem do pessoal. Sendo assim seremos apenas eu e o Zé Doca, mas não se preocupe, somos muito bem preparados. O Problema mesmo é a estrutura material.

– Não se preocupe, darei um jeito nisso.

– Muito obrigado, senhor. Então, até amanhã. .

– Até amanhã sô padre...

CAPÍTULO 20

    Ainda era cedo quando a noite caiu sobre o céu de Aqui-Perto. As estrelas reluziam como se disputassem a atenção de um observador qualquer. O crepúsculo trouxe consigo uma brisa tímida, como se quisesse, erroneamente, anunciar o inverno. A varanda da mansão dos Bavarianos estava povoada como poucas vezes se viu. Ali, os olhares gélidos se transformavam numa impaciência justificável. Aguardavam a chegada do Deputado. A ocasião pedia um bom vinho e Seu Antunes já o havia providenciado. Além do velho, que ocupava confortavelmente uma preguiçosa feita de couro de onça, estavam também Maria Clara, ao lado do seu noivo e da sua avó, bem como os capangas Petrônio, Potrínio e Evaldo, estes prostrados em sentinela, claro. Todos admiravam a beleza imponente das flores das mais diversas espécies encontradas no jardim, além da fonte que jorrava como uma cachoeira selvagem. O canto dos grilos ditava o ritmo durante os intervalos entre os diálogos que, vez ou outra, arriscavam construir. Eduardo estava visivelmente incomodado já que toda vez que tentava uma aproximação mais calorosa com sua amada, o velho o encarava deliberadamente, forçando-o a recuar. Dona Isaura interrompeu seu momento introspectivo quando Seu Antunes acendeu um charuto.

    – Ô meu filho, tira esse troço da boca. Isso é coisa do capeta. Faz mal à saúde viu?

    – Bobagem mãe. E velho lá tem saúde... – respondeu ele.

    A fumaça atingiu em cheio a face de Petrônio antes de traçar seu animado caminho em direção ao céu. Embora aquilo lhe incomodasse, ele sequer resmungava, demonstrando respeito, ou medo, como queiram interpretar. Potrínio foi fulminado por uma crise de tosses, como se tomasse as dores do irmão. Maria Clara, por sua vez, admirava os mistérios da lua, que refletia harmonicamente em seu semblante e seguia escorrendo por caminhos vários.

    – Nossa, que lua maravilhosa e serena. Parece até estar sorrindo pra gente. Quando tô na capital e me lembro desse céu tão lindo que lá não é possível ver devido à poluição, me dá uma saudade... – exclamou ela.

DESVENTURAS DE ZÉ DOCA

– É verdade que o céu daqui é lindo meu amor, mas nada se compara a sua beleza – disse Eduardo, acariciando o braço de sua noiva, suavemente.

– Nossa, amor, embora eu não concorde com o que disseste, é tão bom ouvir isso de você – falou ela, arrastando um pouco a cadeira para que pudesse aconchegar-se no ombro de Eduardo.

– Rumn! Se num acabarem com essa pouca vergonha isso aí vai ser a última coisa que tu vai ouvir dele... – resmungou o velho.

– Oxenti filho, deixe de bobagem, os meninos se amam, o quê que tem de mais em demonstrar isso hein? – interveio Dona Rita.

– É pai, a gente se ama...

– Pois que vão se amar em outro lugar e não na minha frente – esbravejou.

Naquele instante o diálogo foi abalado por um som que rompeu o ar. Era um barulho contínuo de sonoridade semelhante ao ronco exacerbado de um bêbum, e parecia aproximar-se em uma velocidade considerável. Todos se puseram em pé e saíram em direção ao som, bastante intrigados. Seu Antunes desceu as escadarias cautelosamente para que nada acontecesse ao seu charuto.

Ao longe era possível notar a figura de objetos que sobrevoavam os céus, tendo-lhes sido atribuído a culpa por aquele barulho cada vez mais insuportável. De início, Seu Antunes pensou que se tratava de algum OVNI, mas recordou que a tripulação deste tipo de objeto não andava mais ali desde que encerraram todas as pesquisas que faziam na região já que não resistiam à temperatura ambiente, nem mesmo com o auxílio de seus trajes especialmente feitos para este fim. Eduardo, de pronto, reconheceu do que se tratava.

– É ele! – exclamou.

Os dois objetos que sobrevoavam destemidamente a região eram helicópteros, que começavam a perder altitude. Todos olhavam para o alto abobalhados. Petrônio tomou um susto e quase se curou da gagueira.

– Arre égua! Valei minha No-Nossa Sinhora.

Os helicópteros aproximaram-se do pátio procurando um local seguro e confortável para aterrissarem. A hélice cortava o ar ferozmente, culminando em uma carga exagerada de decibéis até mesmo para os ouvidos humanos. A água da fonte espalhou-se em ondas assimétricas e algumas das flores tentaram, em vão, resistir à força da máquina. Posaram a pouco mais de dez metros dos indivíduos que os aguardavam.

Os motores foram desligados, encerrando assim a barulheira por completo, para alivio de todos.

As portas se abriram simetricamente.

Os ocupantes dos objetos saíram em uma harmonia plausível, como se tivesse ensaiado exaustivamente aquele ato.

Eram oito pessoas, além dos dois pilotos. Todos pararam ao lado das máquinas. Um deles adiantou-se em passos apressados.

Era o Deputado Chico Sá.

O sujeito tinha uma estatura desprivilegiada e um corpo bastante robusto. Seus cabelos bem pintados não denunciavam sua idade. Vestia uma elegância admirável, fazendo o possível para esconder o seu físico avantajado. O terno caia-lhe perfeitamente de modo que só poderia ter sido feito pelas mais habilidosas mãos. A barba era rica e cobria praticamente metade da face. A pele clara e sedosa dava a impressão de que ele nunca havia trabalhado ou feito qualquer esforço em vida. Mas enfim, ele era um político. E dos bons.

Tinha o dom da política e da oratória. Embora odiasse as classes populares, sabia conquistá-los com suas demagogias infladas. Seus discursos prolixos quase sempre lhe rendia aplausos calorosos por onde passava. Era um amante das figuras de linguagem, embora não soubesse bem o que significavam, nem qual o momento oportuno de utilizá-las.

– Pai! – exclamou Eduardo ao vê-lo.

– Meu filho! Venha cá me dá um abraço – respondeu abrindo os braços.

Os dois se abraçaram.

– Nossa filho você tá mais corado. Vejo que a moça lhe fez bem né? – indagou, aplicando uns tapinhas calorosos nos ombros de Eduardo.

– Pois é… – respondeu ele sem jeito.

– E cadê a bela dama que fisgou o coração do meu único herdeiro, hum? Não vai me apresentar?

– Ah sim, está aqui, olha – disse ele. – Maria Clara Bavariano.

Maria Clara deu um tímido passo à frente.

– Eita que garota bonita, meu filho. Vejo que escolheu inenarravelmísticamente bem. Com todo respeito, mas sua beleza é, espinafricamente falando, capaz de deixar qualquer homem de queixo caído, e qualquer mulher se mordendo de inveja – proseou ele, cumprimentado-a. A sua forma e delicadeza e tão contemporânea que causaria inveja a qualquer princesa monarquística.

– É um prazer conhecer o senhor, Deputado.

DESVENTURAS DE ZÉ DOCA

– Não se engane, o prazer é todo meu – respondeu ele, ajoelhando-se e beijando a mão de Maria Clara.

– E este deve ser o...

– Arnaldo Antunes Bavariano! – antecipou-se Seu Antunes.

– Ah, sim. Claro. O famoso e sensato chefe da família mais tradicionalesca do sul do estado. É um prazer finalmente conhecer uma pessoa de magnífica complexidade estrambólica.

– Igualmente Deputado.

Os dois trocaram um aperto de mão caloroso e se entreolharam com bastante vigor.

– E essa é minha mãe, Dona Isaura.

– Prazer Deputado – completou a velha, enquanto esforçava-se para levantar da cadeira.

– Encantado Senhorita. Vejo que esses ares inexcauldáveis de cá fazem bem, sobretudo às mulheres. Eu estava convicto de que a senhora era irmã do nobre Antunes, dada a sua aparência tão jovialísticamente juvenil.

– Generosidade sua Deputado... – respondeu Dona Isaura, com as maças do rosto meio avermelhadas.

– Já ouvi falar muito dos Bavarianos. A fama da sua família corre o mundo...

– Também já ouvi muito sobre seus feitos.

– Se foi coisa boa, então de fato é verdade.

Os dois gargalharam por um tempo.

– Eita fazendona bonita essa sua, visse? – disse o Deputado passeando os olhos até onde conseguia.

– De fato Deputado, mas imagino que o sinhô tenha algumas mais vistosas...

– Até tenho algumas pelas bandas do centro-oeste, mas terra produtivamente qualificada mesmo só aqui no Piauí.

– É por isso que num largo esse cantinho aqui por nada! – orgulhou-se Seu Antunes.

– Faz bem... faz bem...

– Desculpe interromper Deputado, mas está ficando tarde e receio que se demorarmos um pouco mais não encontraremos um hotel adequado para nos hospedarmos – disse uma voz em um tom tão bonito que penetrou no coração de todos os presentes, interrompendo o diálogo político e trazendo um pouco mais de paz ao ambiente, se é que era possível.

A figura da qual emanou aquela suave voz era uma mulher de traços tão bem definidos e perspicazes como os são suas cordas vocais. Seu belo corpo ajustava-se ao vestido que trajava como melodia. Era um longo vestido vermelho, com uma abertura que valorizava bastante seus fartos seios, sem contundo lhe fazer parecer vulgar. Ao invés, era de uma elegância notável. Tinha a pele clara e bastante sensível, de modo que só o mais suave dos perfumes poderia cair-lhe sem, contundo, irritar-lhe a maciez. Os cabelos escuros e volumosos estavam delicadamente seguros por uma espécie de prendedor, o que realçava sensualmente o seu pescoço. Trazia no semblante uma serenidade absolutamente confortante, capaz de pôr termo na mais violenta das guerras. Os olhos verdes eram bastante vivazes e convincentes e se ajustavam perfeitamente a sua fina sobrancelha. Era a Secretária chefe do gabinete do Deputado Chico Sá, posto que assumiu com eficiência nunca antes vista. De fato não era só a beleza que encantava, mas também a inteligência, a postura, a elegância, o glamour. Enfim, uma mulher capaz de conquistar até mesmo o mais ríspido coração masculino.

– Ah, sim! Claro! Claro! Tem razão Sabrina. Devemos partir imediatamente.

– Sa-Sabri-bri-na? – disse Seu Antunes, dirigindo-se à moça, tão abismado quanto os demais presentes.

– Nossa que cabeça a minha. A prosa tava tão boa que até esqueci de apresentar-lhes.

– Sabrina Feitosa Alencar, muita honrada em conhecê-lo Senhor Bavariano.

– O prazer é todo meu, querida – disse o velho, enquanto beijava sutilmente a mão da moça, de modo que o seu bigode não lhe ferisse a delicada pele.

– E a senhorita deve ser a Maria Clara, estou certo?

– Sim!

– Senhor Eduardo, vejo que não poderia ter feito escolha mais apropriada para casar-se. Você tem uma beleza invejável. É um prazer conhecê-la finamente.

– Igualmente Sabrina.

– O Senhor Eduardo, sempre que ia ao gabinete do Deputado não tinha outro assunto pra conversar que não fosse sobre você – cochichou Sabrina, enquanto as duas se abraçavam alegremente.

— Bem, devemos partir então – afirmou o Deputado, enquanto consultava o rolex que trazia no pulso direito.

— Que história é essa de partir Sô Deputado? Aqui tem espaço suficiente pra acomodar a todos – disse Seu Antunes.

— Ora Senhor Antunes, não duvido do que estás a dizer, e embora fiquemos todos imensamente gratos com sua inigualável hospitalidade, não podemos lhe dar tamanho trabalho.

— Não será trabalho nenhum, pelo contrário, será uma honra hospedar pessoa de tamanha magnitude em minha humilde terrinha.

— Ora, modéstia a sua chamar isso aqui de "terrinha". O solo aqui é tão absurdamente extravagante que nem com a visão privilegiada que tinha do assento do helicóptero foi possível enxergar onde findava.

— Fique aqui deputado. Acredite, se não ficar deixará todos nós bastante contrariados... – disse Maria Clara com um olhar digno de compaixão.

Houve uma pausa considerável, enquanto todos observavam atentamente ao Deputado, que parecia bastante introspectivo.

— Bom, se é assim, e para o bem de todos e para felicidade geral, como disse Pedro Álvares Cabral em algum lugar um dia, eu fico! – exclamou o Deputado enquanto passeava os olhos pelo semblante dos demais tripulantes, ao que todos acenavam afirmativamente.

— Não foi Cabral, deputado, foi Dom Pedro I quem disse isso – advertiu-lhe sua secretária, timidamente.

— Tanto faz, Sabrina. É tanto Pedro que a gente acaba confundindo – completou, como um bom político, e todos riram.

— Pois bem, Petrônio! Potrínio! Mostrem a esses cidadãos os seus aposentos.

— Odelina! Odelina! Cadê você? – gritou o velho.

— Tô aqui sô! – respondeu ela, surgindo à porta, meio esbaforida.

— Prepare o jantar, a viagem foi longa e cansativa e com certeza nossos hóspedes estão famintos.

CAPÍTULO 21

O espetáculo das estrelas cadentes parecia abençoar a ceia na residência dos Bavarianos. A mesa estava repleta de personalidades, como há muito não se via. O anfitrião, autoproclamado chefe da família, ocupava o assento da extremidade leste, ao passo que o Deputado posou no outro extremo. Ao centro, sentaram-se o casal enamorado, cada um de um lado, onde encaravam-se com muita serenidade e alguma dose de timidez por parte de Maria Clara. Sabrina ocupou o assento ao lado do Deputado. O restante da comitiva ocupava os espaços em ordem de chegada. Dona Isaura arrimou-se próximo ao velho Antunes, deixando bem claro que se algo fugisse ao controle aquela noite, ela estaria ali. Mas nada fugiria ao controle naquele noite, afinal de contas era um jantar festivo em celebração ao casamento vindouro, a união de duas das famílias mais importantes do Estado. É certo que de início uma tensão envolveu o ambiente. Questões sobre o tempo, o clima, a natureza e a política foram levantadas, conforme pede o protocolo geral de reuniões e jantares. Contudo, após a chegada da refeição, todos silenciaram por uns instantes, sendo necessário a intervenção do deputado para quebrar o gelo que pairava sobre a atmosfera.

— Minha Nossa... — disse, seguido de uma breve pausa, enquanto ingeria alimento — devo confessar que há muito tempo não ocupo a saúde com algo tão extraordinariamente saboroso. Esta refeição, diria, é tão ideologicamente sabável, que nos faz viajar em um misto de prazer e alegria que brota da mais profunda profundidade do nosso âmago.

— Ora deputado, agradeço as palavras amigas — disse o Seu Antunes, tentando assimilar por completo o que lhe foi dito.

— Exagero nenhum, Sr. Antunes. Realmente um jantar memorável, capaz de estimular o apetite dos mais inapetentes. Ah, se a minha saúde permitisse, cometeria o pecado da gula sem nenhum pudor.

— Não é nada demais. Pedimos desculpas por alguma falha, mas não é costume receber visita de tamanha importância por essa região — interviu Dona Isaura, sorridente.

— Bobagem, minha senhora. Sou apenas um humilde Deputado, genericamente escolhido para representar nosso povo. Diria, sem medo de errar, que a refeição que brota daqui faz inveja a qualquer banquete presidencial que já presenciei em presença ao vivo.

– Verdade, meu pai!

– Pois num é, filho? A mesa, posta de modo tão diverso como uma aquarela, e tão farta quanto um rio cheio de piaba. E não é só a quantidade que assombra, mas a qualidade magnificamente expressível. O aroma, o tempero, nossa... eu preciso levar esta receita.

– Nesse caso terá que pedir a Odelina. Ela é quem organiza a cozinha – conclui Dona Isaura.

– Certamente, madame. Sabrina, faça a gentileza de solicitar à gentil criada o segredo desta maravilha paladaral, para que, ao retornarmos à capital, possamos dar frutuosos banquetes, de causar inveja em qualquer outra comitiva deputadense.

– Como queira, Senhor – respondeu Sabrina.

O jantar seguiu bastante amistoso. Todos saciaram a gula de modo que, quando um suculento pudim caseiro se apresentou na sobremesa, quase não haviam mais candidatos a devorá-lo. Insistiram um pouco mais no vinho autêntico que pousava na mesa e, a cada taça que secava, Seu Antunes alternava uma boa estória com o deputado, e todos davam risadas. Dona Isaura era a mais histérica. Suas gargalhadas atingiam uma frequência tão peculiar que, sempre ao sorrir, provocava rachaduras nas taças de vidro, além da queda do chapéu de Petrônio, que guarnecia o exterior do imóvel e já estava se incomodando com a situação. A Teoria do Caos talvez explique a relação entre estes eventos ou você pode simplesmente tomar um bom calmante e ignorar isto.

Quando o relógio no pulso de Seu Antunes pontuou nove horas, o velho rústico decretou sua saída.

– Bem, a conversa tá muito da boa, mas, devo me retirar. Nessa idade, o sono vem cedo, senhores.

– Todos devemos, Senhor Antunes, afinal, amanhã será um longo e memorável dia para nós. – disse o Deputado.

– Sim, é verdade! Ainda nem estou acreditando que irei tomar a mão da mais bela e encantadora moça de todo o mundo e ter o prazer de viver até o fim dos dias ao seu lado – suspirou Eduardo, arrancando alguns sorrisos tímidos de sua amada.

– Até o fim dos dias, meu amor! – retrucou ela, enquanto se entreolhavam.

– Também vou descansar. Tenho muito o que fazer amanhã cedo – refletiu Dona Isaura.

– Peço desculpa a todos se algo não foi do agrado dos senhores, é que por essas bandas não se tem muitos recursos.

– Bobagem, Senhor Antunes. Este foi inegavelmente o melhor banquete que desfrutamos de que tenho lembrança, e estou certo de que todos os brilhantíssimos e ilustríssimos presentes concordam, não é mesmo?

– SIM! – vibraram, em uníssono.

– Bem, nesse caso, vou balançar em minha rede, que hoje eu não tô pra cama – concluiu Seu Antunes, aos risos. – Todos já conheceram os quartos que irão se hospedar, então só me resta desejar uma boa noite.

– Muito agradecido, Senhor Antunes. Repousar longe da poluição cidadilística e respirar os ares campestres será a vitamina que precisávamos para enfrentar com vigor o abençoado dia vindouro. Crianças, – prosseguiu o deputado, enquanto passeava as mãos pelos ombros de Maria Clara e Eduardo – vocês precisam descansar mais que todos, quero que estejam bastante corados na hora do casamento.

– Verdade, Deputado – disse Maria Clara.

– Então, vamos todos dormir.

– Sim, vamos todos.

– Então, com a licença do ilustríssimo anfitrião, da sua dignifica mãe e dos demais...

– Ora, não há necessidade de tanto formalismo Deputado, a partir de amanhã seremos uma única família – apregoou Dona Isaura.

– Perdoe-me, minha senhora, só tento expressar a admiração e respeito que temos pelos Bavarianos, embora não haja, em qualquer vernáculo, internacionalmente universal, pronomes e advérbios suficientes para exarcebar a conjectura da reconhecida importância que tem pessoas como vós! Que Deus abençoe esta família, da qual agora me sinto lisonjeado em participar – brandiu o Deputado.

– AMÉM! – responderam, confusos.

– Vamos dormir, então.

– A benção pai.

– Deus te abençoe, minha filha.

Todos bateram em retirada. Cada um ocupou um dos quatorze quartos disponíveis. O Deputado assegurou-se de ficar com o quarto de fronte ao que seu filho ocupava. Investigou o corredor e certificou-se que todos já haviam sumido para além das portas, a exceção de Eduardo,

DESVENTURAS DE ZÉ DOCA

Sabrina e um dos seguranças do Deputado, que pareciam aguardar por algum comando. O Deputado chamou-lhes a atenção, de modo discreto.

– Vamos, entrem aqui!

Os quatro atravessaram a porta, que foi trancada cuidadosamente. O quarto era amplo, possuía a mesma dimensão dos demais, além da mesma arquitetura. A mobília exibia sinais do tempo, embora bastante funcional. Uma escrivaninha de madeira batida descansava próximo à janela. A cama era longa e bem acolchoada, proporcionando uma estada deveras confortável. Havia ainda duas cadeiras feitas de madeira bem trabalhada. O Deputado tratou de acomodar cada um dos convidados, antes de sentar-se à beira da cama. O Segurança, que respondia pela alcunha de Araújo, continuou em vigília. Era um rapaz de vinte e cinco anos e porte atlético. Embora jovem, sofreu de cedo com a calvície, e preferiu raspar todo o cabelo que lhe restava. Usava uns óculos escuros que lhe aprumava um aspecto mais sombrio, o que era corroborado pelo seu semblante apático. Os braços marcavam o terno acinzentado, e pareciam pedir uns dois ou três números a mais. Empunhava uma pasta na mão direita, que protegia com bastante rigor.

– Pois bem, é amanhã o grande dia – disse o Deputado.

– Sim, o dia em que tanto esperamos finalmente chegou.

– O Projeto em que dediquei a minha vida inteira, e grande parte da nossa fortuna.

– Sim, meu pai. Finalmente conseguiremos tudo o que sempre sonhamos e iremos assegurar o futuro da nossa Família. Não foi nada fácil suportar essa gente esquisita, com esses modos estranhos. E esse velho ranzinza então. Ufa. Finalmente amanhã tudo isso acaba.

– Mas todo o seu esforço valeu a pena, Eduardo. Deu tudo certo, e devo confessar que a ideia de dizer que o seu pai está no leito da morte foi fantástica. Tocou o coração da pobre – concluiu Sabrina, aos risos.

– Esse povinho, e esses sentimentos de caipira – sorriu, Eduardo.

– Vamos ao que interessa.

– Sim.

– Araújo, me passe os papéis.

O Segurança abriu a pasta que carregava e retirou um envelope selado. O Deputado Chico Sá abriu-o cuidadosamente.

– Aqui está. O contrato de doação. Com a assinatura do velho Antunes e sua filha nestes papéis nós teremos a propriedade total e irrestrita de toda essa terra e assim poderemos explorar e vender todo o petróleo encontrado aqui. A Sabrina vai distrair o padre enquanto o Araújo efetua a troca destes papéis com os da igreja. Tudo que você tem que fazer, meu filho, é manter a garota ocupada. Eu cuido do restante. Não podemos falhar. Só teremos uma chance. Todos entenderam?

– Certamente, pai.

Sabrina apenas balançou a cabeça, afirmativamente.

– Então, vocês devem se retirar. Não podemos levantar suspeitas.

– Sim, estamos indo.

– Conto com vocês.

Todos apertaram a mão, calorosamente. O Segurança permanecia estático, como um cão de guarda, e sabia que o dia vindouro lhe exigiria mais do que o corriqueiro, mas decidiu que estaria preparado para qualquer coisa. Fez um sinal interno de lealdade ao Deputado, após, retirou-se, a mando do seu patrão, para um dos quartos.

CAPÍTULO 22

A praça central estava bastante povoada naquela noite de sábado. A notícia do casamento da unigênita dos Bavarianos espalhou-se tão rápido como um bando de urubus a procura de carniça. Os populares estavam com os ânimos exaltados e especulavam sobre a cerimônia e os motivos que levaram os nubentes a decidir a data com tanta urgência. As rodas de fofocas eram cada vez mais consistentes. Especulavam sobre tudo: modelo do vestido, formato dos sapatos, a gravata do noivo, enfim, nada passava despercebido. Fizeram inclusive um bolão para ver quem acertaria a hora exata em que a noiva subiria o altar. Indiferente àquilo tudo estava Zé Doca, que ocupava um canto discreto da praça. Estava sentando em um banco, cabisbaixo e de braços cruzados, totalmente desolado. Pareceu-lhe que todo o céu e a divindade que o rege para além dos confins da galáxia conspiravam em seu desfavor, mas a verdade é que naquela época o senhor do universo andava muito ocupada evitando que catástrofes significativas ocorressem em outras partes do globo. Itamar Petrusco, por sua vez, girava em torno de si enquanto apunhava moedas que lançava ao ar. Assobiava sempre que uma moça de meia idade ou mais passava.

— Anime-se, homem! Nem parece que escapou da morte!

— E eu tenho motivo pra rinchar os dente? Mal escapo de uma morte e já tem outra encomendada. É muita disgramera prum pobre só.

— E tu esqueceu que tô prometido também? Que me arrisquei por você, meu amigo.

— Verdade! Desculpa aí, nem era pra você ter se metido nisso.

— Mas relaxa, nós não vamos morrer. É só fazer tudo certinho.

— E como eu vou fazer isso? Nem me lembro da última vez que pisei numa igreja. E agora, de repente viro coroinha. Tá ca'gota mesmo. Tô lascado homi, tô lascado igual rapariga de pedrero.

— Calma, Zé. É só você ficar quietinho e fazer o que eu mandar que vai dar tudo certo.

— E tu? Tu lá sabe ser padre, donde? Um peão acavalado como tu?

– Oxi, respeite, macho. Tenho meus contato dentro da igreja. Sou um homem bem relacionado, já aprendi de tudo nessa vida.

– E as roupa? Como ocê vai consegui a roupa de padre, de coroinha? Aquela saia longa lá.

– Não é saia, é bata.

– Mas, oxi, que seja.

– Bem, tá vendo aquela senhora ali na frente? – indagou Petrusco, apontando para um alvo metros à frente.

Era uma quarentona de aparência cansada. Os cabelos eram crespos e apontavam para o céu, como se admirassem toda a sua plenitude. Tinha proporções por demais exageradas, mas isso não era um problema para Itamar Petrusco, que tinha leve queda pelas mais rechonchudas. Pela distância não era possível precisar a silhueta, de modo que Zé Doca não conseguiu identificar se ela estava de frente ou de costas para ele.

– Sim, tô vendo. – confirmou

– É uma costureira que me deve alguns favores e disse que eu poderia cobrar quando quisesse. Pois bem, chegou o dia – bradou ele, bastante feliz. – Vá pra casa Zé, descanse bem. Amanhã vai dar tudo certo e você estará livre para sempre.

– A morte sempre me acha, homi.

– Confie em mim, cabra. Vou lhe salvar dessa e ainda vou lhe arranjar aquela Maria Clara, que aquele bichinha metido a playboy não é homem pra ela não.

– Não desregula das ideia, Itamar. Esqueceu que amanhã é o casório deles?

– Não, não esqueci. E você esqueceu que eu sou o padre?

– Mas, oxi, e daí?

– E daí, que se eu quiser eu saboto o casamento e ao invés dela ficar casada com ele, faço casar é com tu?

– Comigo?

– É rapaz, é só eu mexer nos papéis.

– Oxi, e lá adianta eu tá casado com ela, e ela num tá comigo? Ela ama outro homi…

– Ai Ai Ai, Zé Doca! E quem se importa com o que mulher sente? Tu tem que ser mais egoísta rapaz, pensar mais em ti. Homem tem que ser é ruim.

– Eu já tentei, mas num consigo não, sô…

DESVENTURAS DE ZÉ DOCA

– Por isso que não pega ninguém.

– Deve de ser isso mesmo... – conclui Zé Doca, cabisbaixo.

A melancolia preencheu o ambiente por um instante, até que Itamar quebrou o gelo.

– De qualquer maneira, aquele noivo dela não me engana. Ele deve tá tramando alguma coisa e temos que descobrir isso a tempo. Algo ali não cheira bem.

Embora Zé Doca estivesse apático, como se os átomos do seu corpo tivessem se rompendo em milhares de fragmentos e quisessem partir receosos de que o pior pudesse acontecer no dia vindouro, ele não pode conter a euforia que se apoderou do seu ser subitamente ao ouvir as palavras de Itamar. Meditou profundamente sobre aquilo e percebeu que nada fazia sentido e que não deveria desejar, embora quisesse muito, que o casamento fosse um fiasco. Ele amava Maria Clara, de um modo muito peculiar e acabou por perceber que o mais honesto a se fazer era deixá-la livre, para que seguisse sua vida da maneira que lhe aprouvesse. Tentou contentar-se com este altruísmo e com seu eterno amor platônico. Tentou entender seu sacrifício, sua desistência em tomar partido, como um ato heroico, digno de um soldado destemido que encara os terríveis impropérios de uma guerra.

Tentou pensar assim.

Mas não conseguiu.

E seguiu insólito, para sua casa, na esperança de que ao menos sua amada avó pudesse lhe oferecer algum mimo que lhe confortasse o coração e lhe acalentasse a alma.

Até poderia, se já não estivesse dormindo, claro.

CAPÍTULO 23

O Código de Costumes e Ditados Populares Aquipertenses dedicou um Capítulo inteiro a tratar sobre o matrimônio. Em uma passagem marcante, o código sentenciava:

"No dia marcado para o casamento, os nubentes não podem, em hipótese alguma, ter qualquer tipo de contato, seja físico, espiritual, ou ainda com auxílio de qualquer tipo de macumba ou bruxaria. Esta regra não comporta exceções e, caso violada, poderá sujeitar os infratores à severa punição divina".

Claro que essa nota criou um pequeno problema em uma boa parcela da população aqui pertence, vez que a maioria das famílias vivem na linha da extrema pobreza e habitam casebres de apenas um cômodo, obrigando, por vezes, que o noivo abandonasse o lar no dia do casamento, o que acabou gerando um problema um pouco maior, que seria o fato de os noivos preferirem, em resposta ao despejo forçado, embriagar-se em algum boteco durante todo o dia, o que gerava um problema maior ainda, já que bebiam tanto que acabavam por esquecer que iriam se casar, e, logo em seguida, apagavam por completo.

Contudo, embora seja um dito consagrado em Aqui-Perto, nem sempre foi assim. Na verdade esta nota só foi adicionada por ocasião da trigésima quinta edição do código, em uma atualização muito suspeita. Ninguém sabe o real motivo desta inserção, e nem poderia, já que o editor suicidou-se logo após o lançamento do exemplar. O certo é que, com receio de que fossem amaldiçoados, os populares simplesmente passaram a obedecer o comando, sem ao menos relutar. Esta talvez seja a característica que mais assemelha os peculiares cidadãos aquipertenses dos demais brasileiros, além do extremo mau gosto para vestirem-se, claro.

De qualquer maneira, o Senhor Antunes era muito supersticioso e, antes do primeiro raio de sol rasgar o dia, já havia deixado bem claro para Maria Clara e Eduardo que deveriam seguir à risca o comando. Como garantia, o velho destacou Petrônio e Potrínio de sua guarda pessoal e deu-lhes a incumbência de vigiar o casal para evitar que a ordem fosse descumprida. Maria Clara não relutou já que também era um tanto su-

DESVENTURAS DE ZÉ DOCA

persticiosa. Eduardo, embora não concordasse, preferiu evitar maiores discussões para que pudesse tornar a dormir mais alguns instantes.

E voltou a dormir.

Acordou novamente e percebeu que ainda era cedo para levantar.

Chateou-se.

E voltou a dormir mais um pouco.

CAPÍTULO 24

Os preparativos para o casamento seguiam a todo vapor naquela calorosa manhã de domingo. Cerca de cinquenta pessoas foram mobilizadas para montar a estrutura necessária de modo que tudo ocorresse conforme o solicitado. O local escolhido para o evento ficava a pouco mais de um quilometro da residência dos Bavarianos. Era um terreno plano encoberto por alguns cajueiros que faziam uma trilha em direção ao altar que era montado naquele instante. Ao fundo resistia bravamente um magnífico exemplar de ipê-do-cerrado. Um pouco mais ao norte era possível visualizar um matagal de meia altura que se elevava para além das colinas. A atmosfera envolvia os presentes em estranhas vibrações positivas, deixando claro que tudo era fruto de um toque divino de muito bom gosto. Um lugar perfeito para uma cerimônia tão importante quanto o casamento da filha do homem mais poderoso daquela cidade. Todos os presentes sabiam desta importância e trabalhavam com especial dedicação.

Distante dali, em um dos quartos da mansão dos Bavarianos, Dona Isaura e Maria Clara travavam um duelo peculiar. Discutiam todos os detalhes da cerimônia com entusiasmo e cuidavam para que nada passasse despercebido.

— Será que está tudo certo por lá, vó? A disposição das cadeiras, o altar, os tecidos?

— Claro que sim, minha filha, todos são muito profissionais.

— E a comida? Os quitutes?

— Odelina está providenciando tudo. Você não deve se preocupar com essas coisas, querida, vamos nos concentrar no que realmente importa.

— Tudo é importante, vovó. Desculpe se estou exagerando, mas é que estou muito apreensiva.

— Eu sei, mas temos que eleger as prioridades.

— Tudo bem, vovó.

Tipo, que horas você marcou com a cabelereira?

— Às onze.

– Ótimo, ainda nos resta tempo para avaliar os detalhes do vestido. A costureira não deve demorar. Pegue o vestido e experimente, quero ver se tem algum desarranjo.

– Vou fazer isso! – respondeu ela, animada.

– Minha filha.

– Sim.

– Vou te fazer uma pergunta, por favor, seja honesta com a resposta, certo?

– Claro, vó.

– É isso mesmo que você quer?

– Isso o quê?

– Casar com este rapaz, é realmente a sua vontade?

– Ora, que pergunta, vó – desconversou Maria Clara.

– Apenas responda, querida.

-Hum... É-É sim vovó – disse ela, após uma breve pausa – o Eduardo é um bom rapaz.

– Co-com licen-çen-ça pa-pa-troa – interrompeu Potrínio.

– Pois não

– É que-que as ro-rosas chega-ga-ram.

– Perfeito! Mande colocá-las dentro dos jarros de porcelanas e depois distribua um jarro a cada fila de cadeiras, por favor.

– É pra-pra já, si-si-sinha-zi-zinha.

Naquele momento, alguns quilômetros ao sul, o Senhor Antunes guiava Eduardo, o Deputado e toda a sua comitiva, em um passeio turístico que cortava o solo Bavariano. Todos cavalgavam tranquilamente, a exceção do Deputado, que não lidava muito bem com os equinos, tampouco com os pernilongos que, vez ou outra, sugavam-lhe um pouco do sangue. Seu Antunes, como um bom anfitrião, mandou preparar-lhe então o cavalo mais sereno de que dispunha. Um mangalarga de idade avançada, que cavalgava elegantemente, embora com muito esforço.

O passeio seguia a toda pompa. Seu Antunes exibia os principais pontos da fazenda com um orgulho palpável. Já haviam vislumbrado todos os currais e pastos onde descansavam alguns espécimes. Àquela altura, alcançaram um solo mais arenoso e foram obrigados a diminuir a velocidade da marcha. Eduardo inquietou-se. Olhou para os lados rapidamente antes de fazer um soltar uma piscadela para seu pai.

– Cof! Cof! Cof! – fez o deputado.

– Algum problema, Deputado? – indagou o Senhor Antunes.

– Não, não. Só estou meio tonto, mas deve ser por conta do calor, não é nada demais – titubeou o deputado.

– Como assim nada demais? O senhor não pode brincar com sua saúde. Eu disse que esse passeio não lhe faria bem, mas o senhor insistiu em vir.

– Ora, filho, não é para tanto. Podemos seguir, não é nada – disse, meio trêmulo.

– Meu Deus! O senhor está muito pálido, Deputado. Deve repousar urgentemente – acrescentou Sabrina.

– Deputado, eles têm razão. Peço minhas sinceras desculpas, se soubesse que o senhor estava tão mal não teria insistido.

– Não há pelo que se desculpar. Cof! Cof! Cof! Bem, nesse caso – disse, após uma breve pausa – devem seguir a viagem sem mim, voltarei para a residência com meu segurança – concluiu, indicando Araújo.

– Mas oxi, já vimos muita coisa e o resto fica para depois do casamento, além do mais já era mesmo hora voltar, o almoço já está quase pronto, e minha mãe detesta atraso.

– Então, vamos!

O Senhor Antunes partiu à frente, acompanhado por Evaldo. Petrônio, que agora tinha a sagrada missão de vigiar Eduardo durante todo o dia, evitando que este fizesse contato com Maria Clara, aguardou, um pouco distante. Sabrina, Araújo e os demais membros da comitiva aproximaram-se do deputado. Eduardo fez um sinal discreto com a mão direita, antes de Cavalgar uns quatro metros ao leste. O deputado o acompanhou.

Um bip apitou por um curto período, antes que Eduardo o silenciasse.

O olhar do Deputado Chico Sá cruzou-se com o olhar de seu filho, que cruzou com o olhar de Sabrina, que cruzou com o olhar de Araújo, que optou por não cruzar com nada. A euforia desmedida estava o semblante do velho.

– É aqui, pai. É este o lugar que reerguerá toda a fortuna e poder da nossa família – cochichou Eduardo.

O Deputado conferiu o aparelho por um instante, de modo que Petrônio não percebesse.

– Sim! Finalmente, filho. Encontramos o nosso tesouro. Hoje, após sua ingênua noiva dizer sim e assinar os papéis, o mundo presenciará o renascimento da nossa família, em todo o seu esplendor.

DESVENTURAS DE ZÉ DOCA

Todos riram cronometricamente.

– Perdão sinhô, algum problema aí? Interrompeu Petrônio, aproximando-se com sua habitual piscadela.

– Não, nenhum. Vamos voltar.

– Sim, vamos. – respondeu Eduardo, devolvendo o objeto ao bolso direito da calça, antes que Petrônio percebesse.

CAPÍTULO 25

O sol já perdia força para além das colinas quando surgiram os primeiros convidados. No arco de entrada, duas senhoras, que trajavam elegantemente vestidos azuis celestes e exibiam um sorriso teatral, recepcionavam a todos e entregavam-lhes os livretos com os cantos e demais instruções para o evento. Faziam parte da Surubim Grandão buffets e eventos, empresa responsável pela organização da festa.

A Surubim Grandão, com sede na cidade de Logo-em-Seguida, destaca-se, incontestavelmente, como a melhor empresa do segmento de toda a região, não somente devido aos vultosos trabalhos já realizados, mas principalmente pela total falta de concorrência. Contudo, embora não houvesse concorrência, os profissionais não se acomodavam, e laboravam com muita dedicação e talento, o que já era de longe algo bastante extraordinário. O convite em cima da hora para gerenciar o casamento da filha do velho Antunes Bavariano com o filho do Deputado Chico Sá não poderia ser recusado, dada a repercussão que atingiria. Assim, dedicaram-se com mais rigor que o habitual, de modo que tudo ficou impecavelmente pronto quarenta e nove minutos e vinte e dois segundos antes do tempo estimado.

Tudo estava conforme o esperado. As centenas de cadeiras ordenavam-se adequadamente. Da entrada do arco surgia um confortável tapete de belos fios e coloração avermelhada que findava na base do palco de madeira onde repousava o altar, além de uma mesa coberta por um tecido adamascado de extremo bom gosto. Algumas colunas foram levantadas por toda a extensão do corredor e nelas prendiam-se alguns lençóis acetinados, que resistiam, quase intactos, à brisa morna que chegava do leste.

Os convidados, além de outros tantos que conseguiram driblar a segurança, foram aos poucos chegando e logo coloriram as centenas de cadeiras espalhadas pelo pátio.

Seu Antunes desfilava pelo salão, observando tudo quanto seus olhos cansados pudessem alcançar. Tinha a companhia de Evaldo e de Miriosneide, secretária chefe da Surubim Grandão, que revisava o cronograma do evento.

DESVENTURAS DE ZÉ DOCA

O Velho usava um terno acinzentado que, embora silente, elegê-lo-ia facilmente entre os mais finos do evento, não fosse a absoluta falta de senso que lhe ganhou a cabeça em forma de um chapéu, que teimou em usar.

Na medida em que o relógio avançava, a euforia tomava corpo em proporções consideráveis. O Bavariano era o mais agitado e andava em pequenos círculos enquanto forçava a bengala contra o solo com uma das mãos, usando a outra para esfregar o bigode. Agitou energicamente o relógio que trazia no pulso, como se quisesse danificá-lo.

– Perdoe-nos a demora, senhor Antunes. Tive uma pequena indigestão e acabei atrapalhando a todos – disse uma voz.

A figura surgiu imponente, exibindo um sorriso de meia altura e um terno pouco mais escuro que o do velho Antunes e que deve ter custado um punhado de dinheiro a mais. Era o Deputado Chico Sá. Ao seu lado estava Sabrina, que tentou, esconder a silhueta em um vestido azul discreto, que lhe cobria parte do corpo, mas não o suficiente para impedir que notassem a beleza das suas curvas. Os demais membros do clã alinhavam-se, timidamente, em seus trajes de gala, que pareciam ter saído de uma coleção de inverno de algum estilista fracassado.

Eduardo surgiu um pouco mais atrás. Usava um fraque branco com pontas alongadas na parte de trás, que realçava muito bem sua cor de pele. Carregava ainda uma flor vibrante na lapela, que dividia olhares com uma gravata fina muito bem colocada. A calça, no estilo mais clássico, caia reta, sem sobras, como se fosse baggy. O sapato bem lustrado combinava com o borrado do cinto. Apresentou-se impecável para aquele dia que, de um modo ou outro, seria especial em sua vida.

– Deputado? Eduardo? Sa-Sa-Sabrina? – engasgou o velho – Graças a Deus vocês chegaram.

– Desculpe-nos a falta de senso, mas creio que ainda chegamos a tempo – disse Sabrina, com uma voz ardente.

– Sim, bem a tempo! – conclui Seu Antunes, pontuando o relógio com um olho, enquanto mantinha o foco em Sabrina, com o outro.

– Não sou muito de elogios – disse o deputado – mas devo confessar que o senhor me surpreende bastante, meu amigo – continuou, referindo-se ao velho Antunes –. Como se não bastasse suas infinitescas qualidades pessoalísticas e profissionantes, ainda se veste triunfalmente elegante. Desse jeito vai tornar a atenção de todo o público do casamento.

– Bondade a sua. Sou apenas um velho do campo. Já o nobre Deputado, seu filho, e esta linda moça – disse, apontando o bigode para Sabrina – estão impecáveis. Eu não podia esperar menos de pessoas tão imponentes.

– Ah! Senhor Antunes, fiz o que pude com o tempo que tinha pra me arrumar. Sabe como somos nós mulheres... – disse Sabrina – Já o Senhor – continuou ela, passeando as mãos por entre os cabelos – está tão elegante e vigoroso que poderia dar lições de etiqueta a qualquer um.

– Tem razão, Sabrina – interrompeu Eduardo. – Mas também hoje o Senhor Antunes tem a responsabilidade de conduzir sua adorável filha até o altar, onde tomar-lhe-ei a mão, com todo o respeito e amor desse mundo.

– É verdade... – suspirou o velho – Só não imaginei que esse dia fosse chegar tão depressa.

– Ora, companheiro, – interveio o Deputado – não há tempo certo para as subjetividades do coração. O amor é daquelas coisas que, conscientemente trajetado, chega sem avisar e nos aconchega em seus fraternísticos braços, rompendo toda a estruturação dos preconceitos atribuídos estatisticamente a filosofia topográfica da alma.

– Verdade, Pai.

Fez-se uma breve pausa. O velho Antunes aproveitou para consultar o relógio, mais uma vez.

– Meu Deus! Já São cinco! Está na hora. Cadê Maria Clara? Cadê, minha filha, onde ela está, Evaldo?

– A senhora sua mãe disse que já viriam. A charrete já está à espera delas, sinhô.

– Diaxo de enrolada braba. E os convidado aí tudo já murmurando. Evaldo, vá ver o que tá acontecendo.

– É pra já, sinhozinho.

– Calma, senhor Antunes. Casamento é assim mesmo, a noiva sempre atrasa. Nada fora do normal – tranquilizou-o Eduardo.

– Verdade. Mas, peraí... – respondeu o velho, enquanto girou a cabeça, observando a todos – e o padre? Cadê o padre? E aquele muleque que disse ser coroinha? Não acredito que ainda não chegaram. Ah se aquele caboco tiver me enganando, eu juro que...

– Estamos aqui, Senhor Antunes.

Era Itamar Petrusco, que se apresentou vestindo uma roupa eclesiástica muito convincente. A batina, com filetes vermelhos e faixa preta na altura dos rins não deixava dúvidas de que aquele era o enviado de

DESVENTURAS DE ZÉ DOCA

Deus para celebrar a união do casal. O amicto arredondado preenchia os ombros uniformemente e a casula indicava o rito cerimonial da ocasião. Zé Doca, que chegara com Itamar mas preferiu ficar um pouco recuado, estava completamente envolvido em uma veste litúrgica, que arrastava-se pelo chão, claramente um pouco maior que o necessário. A peça tinha uma textura vívida e aspecto novo, embora fosse possível ver a costura em algumas partes. O escapulário tinha um bordado amador, contudo, bem regulado. No geral, o figurino da dupla pareceu autêntico, a não ser para um especialista neste tipo de vestimenta que facilmente acusaria a réplica. Entretanto, para a sorte deles, não havia nenhum especialista na área em um raio de trezentos quilômetros.

A chegada do padre atiçou os populares, que observavam, à distância.

– Olha, o Padre chegou!

– Oxi, e aquele é o Padre?

– É sim, ó a roupa dele.

– Eita, que padre bonito.

– Deixe de heresia, muié.

– Mas ele é muito novo pra ser padre. E eu também nunca vi ele.

– Eu também não.

– Hum... Deve de ser lá da capital.

– É, deve de ser sim...

– E aquele ali vestido de coroinha, num é o Zé Doca não?

– Óia, e num é que é ele mesmo. Diaxo que ele faz ali? Nunca vi esse caboco nem na igreja, quanto mais ser coroinha...

– Verdade.

– Estranho, né?

– Estranho mesmo.

Seu Antunes, ao ser interrompido pela voz de Itamar, recuou um pouco, antes de virar-se para certificar o indubitável. Os demais seguiram o gingado do velho.

– Padre? – surpreendeu-se o Senhor Antunes.

– Sim, filho.

– Louvado seja Deus! Por um momento cheguei a duvidar do senhor. Mas vejo que é um homem de palavra. Me desculpe, padre.

– Ora, filho, não há necessidade de se desculpar. Duvidaram até do nosso Senhor Jesus Cristo, o autêntico filho de Deus. Quem sou eu para exigir mais...

– Padre? – interrompeu Eduardo, encarando a face de Itamar com um certo desprezo. – Este sujeito?

– Ora, você já o conhece? – indagou o Senhor Antunes.

– Posso dizer que sim. Ele esteve aqui na fazenda, tive uma discussão com esse meliante que o acompanha e ele interveio pra me ofe...

– Oferecer minhas sinceras desculpas pelo ato do meu coroinha – antecipou-se Itamar. – Eu estava ensinando Zé Doca uma das lições do catolicismo que é justamente a aproximação com Deus e as coisas que ele criou, como a natureza, por isso vim até a fazenda ensiná-lo um pouco na prática. Aproveitei e passei um pouco pelo local, que devo dizer, é tão encantador, que até perdi as horas. Perdoe-me por ter vindo sem avisar, Senhor Antunes.

Eduardo continuava a encará-lo, incrédulo. Itamar, por sua vez, retribuía o olhar pacificamente, oposto à sensação que lhe tomava o cérebro com bastante fúria, naquele instante.

– Hum, tudo bem, Padre. Venha quando quiser – decretou o Bavariano. –Bem, nesse caso, deixe eu te apresentar o resto do pessoal.

– Como queira.

– Este é o Deputado Chico Sá, grande político da região.

– Ah, sim já ouvi falar dos seus feitos. Muito prazer, senhor – respondeu, enquanto fazia o sinal da cruz com a mão esquerda.

– O prazer é meu em conhecer uma santidade tão abencoadisticamente jovem.

– Esta é a assessora do Deputado, Sabrina.

– Deus a abençoe, filha – respondeu Itamar Petrusco, com os olhos fixos na altura dos seios da moça.

– Já abençoou, Padre – suspirou o velho, mas por sorte ninguém ouviu.

Zé Doca permanecia recuado e tentava ocupar os neurônios com qualquer coisa que não fosse o casamento de sua amada Maria Clara, mas a atmosfera não lhe favorecia, o que iniciou então um grande conflito interno. Um neurônio lutou com outro, que lutou com outro, que lutou com outro, que não encontrou com quem lutar e resolver assumir a culpa.

O Deputado manteve um diálogo amistoso com o padre, sempre mediado por Sabrina. Falava da relação do Estado com a igreja, dos seus

DESVENTURAS DE ZÉ DOCA

projetos para os cristãos, que incluía, entre outras coisas, doar uma bíblia sagrada para cada família que contasse com ao menos um dependente maior de 90 anos, e discorreu brevemente sobre sua devoção ao pai celestial. Eduardo bocejava constantemente, demonstrando total desinteresse no assunto. Seu Antunes aproveitou a ocasião para observar o relógio novamente e tornou a bater a bengala ao chão, furioso.

Foi nesse instante que um barulho surgiu ao fundo ganhando forma.

O barulho aproximou-se, cada vez mais vibrante, em ritmo de galope. Depois parou, a uma boa distância do Senhor Antunes e dos demais, mas não o bastante para evitar que a poeira os cobrisse momentaneamente.

Era a charrete da fazenda.

— A no-noiva che-che-gou! — anunciou em voz alta Potrínio, que conduzia a charrete.

Os convidados puseram-se de pé e fixaram o olhar na charrete. Todos queriam ver Maria Clara.

— Finalmente! — exclamou Seu Antunes.

Petrônio, que havia escoltado o objeto, pulou do cavalo, fez a volta e abriu a porta.

Todos estavam apreensivos.

De repente, e para a decepção dos convidados que ansiavam por ver a noiva, surgiu o semblante de Dona Isaura. Equilibrava-se em um escarpim de bico fino e cor bege, que realçava a elegância do vestido em chiffron, de mesma cor. O fecho nas costas e a longa cauda que alinhava-se aos tornozelos demonstravam nítidos sinais de respeito à idade daquela que senhora.

Com o auxílio de Petrônio, Dona Isaura desceu da charrete, em seguida ergueu a cabeça e caminhou alguns passos, com a experiência e convicção de uma autêntica madrinha de casamento.

— Dona Isaura, com todo o respeito, a senhora está simplesmente fabulosa. — disse o Deputado, tomando-lhe a mão, cordialmente.

— Obrigado, Deputado. O Senhor também está muito digno para apadrinhar o casório — disse ela, retribuindo a gentileza — O Eduardo então. Nossa. Realmente um belo homem...

— Obrigado, Dona Isaura. Reitero as palavras de meu pai. A senhora está realmente encantadora.

— Gentiliza sua, filho. Ah, este é o padre?

— Sim, Padre Itamar — apressou-se.

– Perdoe padre, mas nunca o vi na igreja, chegou agora na cidade?

– Sim, é que estive viajando por muito tempo...

– Você parece tão jovem. Teve ter se dedicado desde a infância ao celibato.

– Sim, Sim, foi isso que aconteceu.

– Admiro muito isso. A benção, padre?

– Deus a abençoe, minha filha!

– E Este é o seu assistente?

– Sim.

– Eu o conheço. Você esteve na fazenda esses dias – lembrou ela. – Seu nome é Zé Doca, não é?

– É sim, dona.

– Não sabia que você trabalhava na igreja. Também nunca te vi lá.

– É que ele entrou agora. Tá nas aulas teóricas ainda. Mas já sabe tudo sobre casamento.

– Ah, certo!

– Bem, vamos deixar essa conversa pra depois. Temos um casamento pra fazer e já tá passando da hora. Cadê a Maria Clara? Veio com você, minha mãe?

Zé Doca, que àquela altura estava bastante trêmulo, ficou totalmente paralisado ao ouvir o nome da sua amada.

– Sim, está na charrete, à sua espera. Vá buscá-la. Esqueceu que é você quem a leva até o altar?

– Se o problema for só esse, pois pode avisar que o casamento já começou.

– O casamento já começou! – gritou Petrônio, do arco de entrada.

– Que diacho você tá fazendo, peste?

– Oxi, num foi o sinhô que disse pra avisar que o casamento já tinha começado? Então, só fiz o que o patrãozin me mandou.

– Danou-se.

– Ma-mas é ve-ver-dade patrão-tão-trão-zi-zinho.

– E você cale a boca que num lhe pedi opinião.

– De-des-cul-cul-cul-pa, che-che-fe.

– Muito bem. Pois vamos lá. Todos assumam suas posições.

DESVENTURAS DE ZÉ DOCA

– Padre?

– Estou indo. Vamos, Zé Doca.

Zé Doca não respondeu. Ainda estava totalmente paralisado, mas com o olhar fixo na charrete.

– Zé?

Itamar deu-lhe um safanão, forte o bastante para que o fizesse recuperar a consciência.

– Hã? –

– Acorda, homem. Vamos.

– Mas por quê?

– Porque temos que trabalhar, oras. Anda, vamos logo – disse Itamar, arrastando o rapaz.

– Tá bom – concluiu Zé Doca, atônito.

– Certo. Deputado, temos que ir também, afinal, nós como padrinhos de casamento seremos os primeiros a entrar – disse Dona Isaura.

– Verdade. Então, bela e gentil dama, dá-me a imérita honra de acompanhá-la? – cortejou o Deputado, entrelaçando cautelosamente seu braço esquerdo ao braço direito de Dona Isaura, que não ofereceu resistência.

– Vamos, Deputado – sorriu ela. – E você também Eduardo, ocupe sua posição.

– Estou indo.

O Deputado, Dona Isaura e Eduardo seguiram em direção ao arco de entrada, onde dois violinistas se posicionavam, conforme as instruções da secretária chefe da Surubim Grandão, que, claro, estava bastante atenta.

Sabrina e os demais saíram por um trecho que dava acesso às cadeiras reservadas, próximas ao palco, e tomaram seus lugares, sem a necessidade de desfilar pelos convidados. Itamar cochichava uma dúzia de palavras com seu assistente, mas concentrava toda a atenção em uma senhora gorda que ocupava dois assentos da terceira fila.

Seu Antunes alcançou a charrete, a passos lentos, como se o sapato o incomodasse. Mas não era o sapato que o incomodava e sim a ideia de que, de algum modo, estava perdendo sua única filha. A angústia tomou-lhe o ser. Sentiu seu corpo pesar mais que o comum, mas logo se recompôs. Abriu a porta lentamente, aumentando a frenesi, como em um bom suspense hollywoodiano.

O coração acelerou.

Maria Clara encarou o velho, timidamente. Trazia o vestido de sua mãe, com os ajustes que o tempo exigiu. Era um vestido contemporâneo, com caimento perfeito e fechamento em corselet. Flores de cetim em alto-relevo arrematavam romanticamente a parte frontal do vestido. Uma faixa de renda fazia as vezes de coroa, como indicativo do início de um novo reinado. A sandália fina, em tom próximo ao vestido era de uma notável delicadeza. Contudo, as curvas e feições angelicais de Maria Clara, contrastavam com o seu semblante preocupado.

– Filha! – espantou-se Seu Antunes – Meu Deus, como você está linda.

Maria Clara deixou escapar um leve sorriso.

– A benção, pai?

– Deus te abençoe minha filha.

– Você está a cara da sua mãe.

– Não diga isso, mamãe era bem mais bonita. O Senhor sim foi um homem de muita sorte.

– Um homem de muita sorte! – suspirou ele – Assim como o Eduardo também é.

– Hum…

– Então, vamos?

– Não sei, pai.

– Como assim não sabe?

– Não sei explicar, mas estou sentindo um aperto forte no coração.

– Ora filha, não entendo muito das coisas, mas sei que isso acontece com toda mulher. Sua mãe mesmo quase saiu correndo do altar na hora de dizer sim. É normal você se sentir assim, meu bem.

– Hum… Não sei…

– Você quer desistir? Sabe que tem meu apoio para qualquer decisão que tomar.

– Não, pai. Não posso… – disse ela, cabisbaixa.

– Não pode?

– Não quero.

– Não pode ou não quer?

– Dá no mesmo – sentenciou ela. – Ah, pai. O senhor tem razão. Deve ser só um mal estar, logo vai passar.

– Isso mesmo. Então, vamos filha? Todos estão te esperando.

– Sim, vamos.

DESVENTURAS DE ZÉ DOCA

Maria Clara abandonou a charrete, com auxílio do pai, e apoiou-se ao solo com um belo par de escarpim. Os dois seguiram para o arco de entrada. Miriosneide declarou aberta a cerimônia de casamento, e cutucou os padrinhos para que apressassem o desfile. Os violonistas tocaram alguns acordes melodramáticos. Dona Isaura e o Deputado Chico Sá fizeram uma entrada muito bem ensaiada. Eduardo veio em seguida, mas não foi muito notado. Todos os olhares se concentravam em Maria Clara, que já estava posicionada. Observaram-lhe dos pés à cabeça, e, ao julgar pela reação do público, fora incontestavelmente aprovada.

Finalmente era a sua vez.

Os violinistas, ao sinal de Miriosneide, fizeram uma breve pausa, em seguida iniciaram a trilha sonora de entrada da noiva.

Seu Antunes encarou Maria Clara por um instante. Ela ajustou a faixa que lhe prendia o cabelo mais uma vez antes de começarem o desfile.

– Cinco e dezenove! Ganhei o bolão! Ganhei o bolão. Urruuuuuuhh… – gritou um convidado, antes de ser retirado à força por um funcionário da Surubim Grandão.

Maria Clara desfilou serenamente, conforme pedia a música. Sua pele refletia os últimos raios de sol de uma maneira ímpar. A brisa ganhou densidade e encarregou-se de espalhar o perfume, contagiando a todos. O vestido balançava por uma delicada fenda frontal. Tudo harmonicamente ensaiado.

Ao fim do cortejo, Seu Antunes entregou a filha a Eduardo, que a recebeu com um beijo suave na mão, antes de conduzi-la ao palco. Zé Doca estava estupefato. Seus olhos brilhavam intensamente. Experimentou um misto de sensações e só retomou a consciência quando fora atingido por alguns pingos de cera derretida que caiam da vela que segurava.

Todos se voltaram ao padre, aguardando o início da celebração. Itamar Petrusco cochichou algo e Zé Doca entregou-lhe um pequeno livro de capa preta. O livro continha as instruções para o casamento. Ele folheou-o por alguns instantes, demonstrando pouca familiaridade. Seu Antunes, que se sentou ao lado de Sabrina, preocupou-se.

– Algum problema padre?

– Não, não é nada.

– Então, já pode começar.

– Sim, já vou começar.

– Ótimo.

Itamar folheou o livro inteiro, página por página. Depois, repetiu tudo de novo.

O público murmurava sinais de impaciência.

– Bora homi, ande logo com isso – disse Zé Doca.

– Calma Zé, que diacho! Num me atrapalhe não.

Dona Isaura trocou olhares intrigantes com o Deputado, como se buscasse respostas para o que realmente estava acontecendo.

– Achei. Ufa. Sim, vamos começar – disse ele, aliviado. – Peraí, deixa eu confirmar aqui... Pronto. É aqui. Vamos lá. Estão prontos?

Os noivos balançaram a cabeça afirmativamente.

– Bem, Boa tarde a todos os presentes. Vamos dar início a celebração do casamento de Maria Clara Bavariano com... com... – gaguejou Itamar – com esse rapaz aí...

– O nome dele é Eduardo, esqueceu? – murmurou Zé Doca.

– Ah sim, com o Eduardo de tal.

– É Eduardo Afonso Sá – disse Eduardo.

– Sim, tanto faz...

– Como assim tanto faz? – indagou.

– Ora, por favor, deixe o padre prosseguir, meu bem – interveio Maria Clara.

Eduardo concordou.

– Pois bem, caríssimos noivos, – disse Itamar, continuando a leitura – viestes à casa de Deus para que o vosso pro-pó-pó-pro-pro...

– Propósito – completou Dona Isaura.

– Isso. Propósito... de contrair matrimónio seja firmado com o sagrado selo de Deus, perante o ministro da Igreja e na presença da comunidade cristã. Cristo vai abençoar o vosso amor conjugal. Ele, que já vos consagrou pelo santo Batismo, vai agora dotar-vos e fortalecer-vos com a graça especial de um novo Sacramento para poderdes assumir o dever de mútua e perpétua fidelidade, fez uma breve pausa – o que deve ser difícil para uma mulher que se casa com um sujeitinho tão mau caráter – completou, encarando Eduardo.

– O que você disse?

– Por favor, Eduardo, não interrompa a cerimônia. Deixe o padre fazer seu discurso.

DESVENTURAS DE ZÉ DOCA

– Muito bem, filha – disse ele, retomando a leitura em seguida. – Diante da igreja, vou, pois, interrogar-vos sobre as vossas disposições. Maria Clara e Eduardo, viestes aqui para celebrar o vosso Matrimónio. É de vossa livre vontade e de todo o coração que pretendeis fazê-lo?

– É, sim.

– Vocês que seguiram o caminho do Matrimónio, estão decididos a amar-vos e a respeitar-vos, ao longo de toda a vossa vida?

– Sim, estamos.

– Pensa bem, menina. A vida toda é muito tempo – cochichou Itamar, aproximando-se de Maria Clara.

– S-Sim, padre – confirmou ela, desajeitada.

– Hum. Vamos ver agora – disse, folheando o livro novamente. – Aqui. Bem, estão dispostos a receber amorosamente os filhos como dom de Deus e a educá-los segundo a lei de Cristo e da sua Igreja?

– Sim.

– Rum, menina, tu vai ter filho com esse cabra moiado bem aí? Tu pensa bem. Vai que os meninos nascem tudo troncho, descambitado, puxando pra ele, ein? – disse Itamar.

– Como é que é? Tá falando de mim? – questionou Eduardo.

– Não querido, fique calma. Prossiga, por favor, padre.

Eduardo estava incomodado e quis retrucar, mas foi impedido por Maria Clara, que tentava acalmá-lo. De repente, Zé Doca começou a sentir-se estranhamente mal. Fora tomado por uma forte dor que se instalara na região estomacal, provocando um terrível desarranjo que lhe fez perder a coordenação motora da pélvica, deixando escapar alguns gases.

– Pummmm. Bruuurr. Pummmm. Pif – fez ele.

Após o estrondo, um absoluto silêncio invadiu a cerimônia. Todos puseram-se a observar Zé Doca, enojados.

– Minha nossa! – disse Dona Isaura, levando a mão ao nariz.

– Ô diabo pôdi. Armaria, nam – gritou um dos convidados.

Zé Doca ficou aflito. A situação era deveras constrangedora. Por um breve momento ele havia tomado a cena de uma maneira nada convencional. Sentiu vontade de sair em disparada, mas seu corpo não obedecia. Maria Clara ainda tentou aliviar a tensão deixando escapar um sorriso tímido e pedindo gentilmente ao padre que continuasse a celebração. Itamar aproximou-se de Zé Doca.

– Quê que tu tem, Zé? – perguntou, segurando o livro próximo a boca, para que ninguém notasse o diálogo.

– Num sei. De repente me deu um desarranjo. Deve de ser por mó daquele cuscuz com ovo que eu cumi mais cedo.

– Ixi, deve de ser mesmo. Eu te disse que aquilo tava vencido.

– Oxi e eu ia fazer o que? Num tinha outro não. Ou eu comia ou morria de fome. E o pior que agora tô com uma vontade de cagar danada. Dá até medo vazar tudo aqui nas calça.

– Valei-me Nossa Senhora das Dores de Barriga.

– Pummmm. Bruuuurr.

– Eita piula, de novo. – gritou outro convidado.

– Arre! Tô vendo que o negócio é sério mesmo. Moço vá procurar um banheiro antes que piore. Essas as coisas a gente não tem controle. É igual cavalo brabo – disse Itamar.

– E tu vai conseguir continuar sem mim?

– Claro, tu num tá fazendo nada aqui mesmo, oras.

– Nesse caso, vou indo e volto logo.

– Se limpe antes de voltar.

– Pode deixar

Seu Antunes observava a tudo e começava a demonstrar sinais de irritação.

– O que diabos tá acontecendo aí, seu Padre?

– Ah, não é nada. Meu assistente terá que se retirar por um curto período, mas a cerimônia continua.

– Hum, acho bom que continue mesmo…

Zé Doca recuou alguns passos vagarosamente, mas o desarranjo obrigou-lhe a aumentar o ritmo. Saltou sobre a mesa, derrubando alguns objetos, antes de sumir pelos fundos do palco. Correu em direção a mansão, onde poderia encontrar um bom banheiro, mas a cada passo dado o desconforto aumentava. Seu corpo suava frio e suas pernas perdiam força. Não havia tempo para chegar até a residência dos Bavarianos e ele sabia disso. Tinha que explorar outras possibilidades e passou a observar tudo ao seu redor. Encontrou um único ponto cego. Um local onde estaria temporariamente sozinho, longe de todos os olhares: A base do palco.

Era uma estrutura complexa, onde pilares de madeira cruzavam toda a sua extensão. Um metro separava o solo, onde foram fincadas as estacas que sustentavam o palco, da parte externa deste. O local era im-

DESVENTURAS DE ZÉ DOCA

provável, dada a pouca altura, mas não havia outras opções. Zé Doca correu, decidido. Deixou pelo caminho a batina e as demais vestimentas, antes de engatinhar por debaixo do palco. Quando alcançou um ponto em que julgou seguro, agachou-se, com bastante dificuldade.

Estava pronto para enfrentar o problema.

No mesmo instante, Itamar Petrusco, bastante pressionado, tentava retomar a cerimônia.

— Ande logo com isso, seu Padre.

— Si-Sim, já vou — disse folheando o livro.

— É hora da troca de alianças — disse Dona Isaura.

— Exatamente o que eu disse. A troca de alianças — confirmou o Padre. — Bom, vocês já sabem. Os padrinhos entregam as alianças para os noivos, aí eu falo aquele proseado todo de ser fiel e blá...

— Oh, que lindo, eu sempre choro nessa parte — disse Sabrina.

— Realmente é muito lindo — concordou Seu Antunes, aproveitando para vistoriar as pernas de Sabrina.

O Deputado sacou do bolso do terno uma aliança de ouro puro, bastante grossa, e entregou a seu filho. Dona Isaura, que guardava o outro anel, entregou a sua neta, dando-lhe um beijo carinhoso na face.

O Público estava bastante ansioso, e espremia-se em busca do melhor ângulo.

Itamar Petrusco abriu novamente o livro e continuou a lê-lo.

— Pois Uma vez que é propósito de vocês contrair o santo Matrimónio, uni as mãos direitas e manifestem o vosso consentimento na presença de Deus e da sua Igreja.

Os noivos obedeceram.

— Playboizinho, digo, Eduardo, faça os votos para sua noiva. O texto tá sublinhado aí — disse o Padre, entregando o livro para Eduardo, que mesmo estranhando o procedimento, obedeceu.

— Eu, Eduardo Afonso Sá, recebo-te por minha esposa, e prometo ser-te fiel...

— Ha! Ha! Ha! Ha! Essa foi boa. Fiel. Hi! Hi!

— O que foi?

— Nada, pode prosseguir. Hi! Hi! Hi! — disse o padre, ainda aos risos.

– Prometo amar-te e respeitar-te, na alegria e na tristeza, na saúde e na doença, todos os dias da nossa vida – disse ele, colocando, em seguida, a aliança na mão de Maria Clara.

Itamar retirou o livro das mãos do rapaz e entregou à noiva.

– Agora você.

– Eu, Maria Clara Bavariano, recebo-te por meu esposo, e prometo ser-te fiel, amar-te e respeitar-te, na alegria e na tristeza, na saúde e na doença, todos os dias da nossa vida – falou, bastante emocionada, e repetindo o gesto do noivo.

O casal se encarou serenamente por alguns instantes, comovendo o público.

– Que fofinhos! Ah como eu queria ter essa sorte de encontrar um bom partido que me pedisse em casamento – comentou Sabrina.

– Com certeza não lhe faltam pretendentes, principalmente lá na capital né? – Ah, mais os homens de lá não servem para isso. São muito imaturos. Prefiro um homem mais bruto, firme e de mais idade também – concluiu ela, encaixando um olhar penetrante no velho Antunes, que ficou atônito.

Itamar retomou o livro, prosseguindo a leitura.

– Confirme o Senhor Deus Todo Poderoso o consentimento que manifestastes perante a sua Igreja, e Se digne enriquecer-vos com a sua bênção.

– Amém! – bradaram todos, acompanhando o rito cerimonial no livreto.

– Tem certeza que não quer mesmo desistir? – cochichou Itamar ao ouvido de Maria Clara.

– É... tenho. – espantou-se ela.

– Não quer mais um tempo pra pensar melhor?

– Padre?

– Tá bom! Hum... Pois o que Deus uniu o homem não Separa. Pelo poder a mim investido eu os declaro marido e mulher!

Podem se beijar. Argh! – completou Itamar, virando-se de costas.

Eduardo pôs as mãos delicadamente junto a face de sua agora esposa e beijou-lhe a boca. A multidão fora tomada por uma forte emoção. Dona Isaura chorou copiosamente. Todos aplaudiram de pé, a exceção de Seu Antunes, que preferiu não visualizar a cena. O rito cerimonial estava chegando ao fim. O padre se dirigiu até a mesa, onde estavam os papéis a serem assinados pelo casal. O Deputado, que consolava Dona

DESVENTURAS DE ZÉ DOCA

Isaura naquele instante, fez um sinal para Sabrina, que compreendeu perfeitamente. A moça levantou, e seguiu, em direção ao palco. Ainda abraçou os nubentes e desejou-lhes felicidade, antes de aproximar-se do padre. Evaldo acompanhou, de uma distância segura.

— Com licença, padre.

— Pois não — disse Itamar, organizando os papéis na mesa.

— Nossa, está muito quente aqui não é? — falou Sabrina, puxando um pouco o vestido, favorecendo o decote.

— É o clima normal daqui, a gente acaba acostumando — respondeu ele, desinteressado.

— Hum... que Deus me perdoe, mas o senhor tem uma voz tão sensual que me causa arrepios no corpo todo — continuou Sabrina, passeando a mão pelo corpo.

— O que você quer, moça?

O tom curto e grosso do padre evidenciava total desinteresse nas insinuações de Sabrina. Ela resistiu em perceber, pois julgava-se por demais atraente, a ponto de despertar o interesse de qualquer homem, mas teve que acatar o desprezo de Itamar e pensar em algo mais eficiente.

— É que eu queria aproveitar a sua presença para eu me confessar.

— Se confessar? Mas agora? Filha, estamos no meio de um casamento.

— Eu sei padre, perdoe-me, mas é que preciso de uma orientação urgente. É uma coisa tão terrível que fiz e não consigo mais conviver com isso. O senhor como servo de Deus não pode me negar ajuda.

— Depois do casamento eu lhe atendo.

— Por favor, padre, tem que ser agora.

— Não.

— Por favor.

— Não.

— Por favor — disse, já aos prantos.

— Hum... Tá bom. Tá bom. Conte logo a história. Seja breve, por favor.

— Obrigado. Bom, padre, é que certo dia eu...

— Reze cem Ave-Marias e cem Pai Nossos. Pronto. Pode ir.

— Você nem me ouviu.

— São ordens de Deus. Ande logo, tenho que continuar o casamento. — disse ele, ainda organizando os papéis. — Chegou o momento da assinatura do pacto nupcial – conclamou. – O casal e as duas testemunhas, por favor, subam o palco.

Sabrina desesperou-se. O padre simplesmente ignorava todos os seus atos. Maria Clara e Eduardo subiam o palco, junto com Dona Isaura e o Deputado Chico Sá. Foi então que Sabrina, em uma estratégia de profundo desespero, jogou-se ao chão, sem titubear, apoiando-se no padre, que, por ser pego desprevenido, não reuniu a força necessária e acabou ruindo também.

– Que diacho!

Com a queda o vestido de Sabrina encolheu de modo que sua peça intima ficasse visível.

Todos observavam a cena, incrédulos. Algumas mulheres na plateia vendaram os olhos dos maridos, com as mãos. Seu Antunes foi o primeiro a socorrer Sabrina, mas não antes de dar uma boa conferida na cena. Araújo aproveitou a ocasião, retirou um envelope que trazia no bolso interno do paletó e efetuou a troca dos papéis, colocando os papéis que estavam originariamente sobre a mesa no envelope e retornando este ao bolso, em seguida fez um sinal positivo direcionado ao Deputado, que, por sua vez, suspirou bastante contente.

Ninguém percebeu nada.

– Sabrina? Padre? Vocês estão bem?

– Sim! Perdoe-me padre, eu sou mesmo um desastre.

– Tá, Tá, Tudo bem – confirmou o padre, já em pé, sacudindo a batina.

– Me dê sua mão, vou lhe tirar daí – se dispôs Seu Antunes.

– Ah, muito obrigado. O senhor é realmente um anjo.

– Vamos logo com isso, eu quero é comer do banquete – gritou um convidado, que foi imediatamente retirado do evento,

– Pronto. Podemos continuar o casamento – disse o padre.

– Sim. Muito bem, o casal e as testemunhas devem vir assinar os papéis.

– Estamos aqui padre – disse o casal.

– Também estamos – completou o Deputado, acompanhado do velho Antunes.

Os quatro formaram uma fila na lateral da mesa, conforme orientação do padre, que indicou o campo destinado a assinatura de cada um. O primeiro foi Eduardo, seguido por Maria Clara, o Deputado e por último Seu Antunes.

Estava feito.

Ao comando de Miriosneide, os violinistas entraram em ação. Confetes caíram sobre o palco, colorindo a atmosfera em uma aquarela celestial.

Todos aplaudiram de pé.

Próximo dali, Zé Doca parecia finalmente ter se entendido com seu corpo. As dores e os desarranjos foram cruelmente expulsos como um inquilino indesejado e tomaram a forma de fezes de proporções consideráveis. Contudo, antes que o rapaz pudesse tranquilizar-se por completo, percebeu que não havia nada que pudesse utilizar para se limpar, e assim concluir a missão. Observou toda a parte interna do palco.

Nada.

Andou mais um pouco.

Observou novamente.

Novamente nada.

Resolveu engatinhar até a saída, tomando a devida cautela para não ser visto. Deu de cara no lençol que estava colocado próximo à mesa, e escondeu-se lá. Ergueu um pouco a cabeça, ainda agachado. Maria Clara e Eduardo recebiam os cumprimentos dos familiares e se preparavam para seguir a marcha através do tapete vermelho. Zé Doca ficou desolado ao perceber que sua amada era agora uma mulher casada que sorria apaixonadamente ao lado do marido, mas não havia tempo para martirizar-se e ele tinha ciência disso. Camuflado ao lençol, voltou-se então para seu objetivo. Identificou os papéis que repousavam na mesa e tirou proveito da situação, vez que todos aguardavam ansiosos ao desfile dos recém-casados, furtando cautelosamente os papéis e retornando para a base do palco.

Zé Doca utilizou todos os papéis para se limpar e mesmo que não fossem suficientes para a missão, ao menos puderam melhorar o aspecto do desventurado. Contente, amassou todos, antes de descartá-los ao chão. Em seguida recolheu toda a roupa que havia espalhado e vestiu-se tranquilamente.

O Deputado Chico Sá reuniu-se com seus comparsas, antes mesmo do desfile do casal, para celebrar o sucesso da operação.

– Está feito!

– Sim, patrão, tudo certo!

– Nem acredito, deputado. O plano foi realmente muito bem elaborado. O senhor é um gênio.

– Menos Sabrina, menos. Bem, gênio ou não, o que importa é que assim que recuperarmos os papéis assinados a Companhia de

Minérios Sá será a maior e mais lucrativa empresa desta região, quiçá de todo o País.

– Você estará novamente no topo, Deputado.

– Exatamente. Mas ainda não acabou. Temos que seguir o plano. Sabrina e eu vamos distrair os demais, enquanto Araújo recupera os papéis que estão naquela... – disse o Deputado, apontado para a mesa. – Hum... Não é possível...

– O que foi Deputado?

– Cadê os papéis?

– Meu Deus do céu, os papéis, cadê?

– Estavam em cima da mesa.

– Não estão mais! – gritou o Deputado, bagunçando a mesa.

– Alguém deve ter pegado – opinou Sabrina.

O Deputado partiu furioso em direção ao Padre.

– Cadê os papéis? – bradou ferozmente o Deputado, segurando o padre pela batina.

A ação causou um enorme alvoroço. Os violinistas pararam a música e todas as atenções voltaram-se para o Deputado.

– Hã? Que pa-papel? – questionou o padre, surpreso.

– Os papéis do casamento, onde estão?

– E-Eu não sei, senhor.

– Como não sabe? Estavam aqui na mesa. Você pegou. Vamos, me entregue logo – continuou o Deputado, revistando Itamar.

– Eu não peguei nada, me solte seu velho doido.

– Tem que estar aqui. Araújo, verifique todo este lugar. Ninguém sai até encontramos estes papéis.

– Sim, senhor.

– O que houve Deputado? – interrogou Seu Antunes, aproximan-do-se. Além dele, Donas Isaura, Eduardo e Maria Clara também se aproximaram.

– Perdão, meu nobre amigo, é que houve um pequeno incidente. Toda a papelada do casamento sumiu.

– Sumiu?

– Sim, sumiu, roubaram, não sabemos ainda. Mas não se preocupe o Araújo já está tomando os procedimentos investigatisticos e logo nós encontraremos.

DESVENTURAS DE ZÉ DOCA

– Meu Deus, mas isso é grave, Deputado? – indagou Maria Clara.

– Claro que sim. Aqueles papéis que vocês assinaram oficializa o matrimônio. Sem eles, é como se não existisse casamento e esta cerimônia seria totalmente invalidade.

– Nossa!

Alguns convidados ouviram o discurso e trataram de espalhar aos demais, causando um grande tumulto.

– Diaxo tá acontecendo? Queimaram os papéli?

– Armaria, acaba logo com isso, eu quero é comê. Nam, armaria.

Seu Antunes, com receio do fiasco iminente, convocou seus capangas.

– Evaldo, ajude o Araújo nas buscas. Petrônio e Potrínio, não deixem ninguém sair deste local até que tudo esteja resolvido, entenderam?

– Sim, senhor.

Os funcionários da Surubim Grandão tentaram acalmar os nervos do público, sem efeito. Nem mesmo a retomada dos acordes pelos violinistas foi capaz de conter a euforia que circulava o ambiente. Aproveitando-se da situação, um rapaz propôs um bolão que tinha como objetivo identificar onde os papéis estariam, e começou a arrecadar dinheiro.

Dona Isaura tentava confortar Maria Clara, que estava bastante intrigada com a situação. Seu Antunes, contudo, era o mais atribulado, afinal de contas, aquele incidente poderia culminar na invalidação da cerimônia e a notícia se espalharia por toda a região, ocasionando chacotas e descrédito para o nome da família.

– Vasculhem tudo e todos. Temos que encontrar esses papéis.

– Sim, temos que encontrar logo – concordou o Deputado.

– Está procurando isso aqui? – disse uma voz.

A música parou.

A voz que surgiu do fundo do palco aproximou-se, ganhando sonoridade.

Era Zé Doca.

O rapaz surgiu imponente, com um aspecto sóbrio, diferente do habitual. Exibia na mão direita um texto em três laudas. Os papéis estavam bastante amassados e manchados com excrementos amarelados por toda a parte. O odor desagradável precedia o documento e espalhou-se pela atmosfera rapidamente, ludibriando todos.

– Zé Doca? – espantou-se Maria Clara.

– Olá, sinhazinha.

– Meu Deus, que cheiro horrível – disse Itamar Petrusco.

– Os papéis? Oxi, como isso foi parar em suas mãos? E porque estão amassados e... fedorentos. Argh!... – indagou Eduardo.

– Bem, isso aí é uma longa história...

– Ah, Graças a Deus você os encontrou – disse o Deputado, aliviado, ignorando totalmente o odor que exalava do objeto. – Agora passe-os pra cá, filho, para que possamos encerrar a cerimônia.

– Não!

– O que?

– Ora, moleque insolente. Como se atreve a desacatar uma ordem do Deputado? Vamos, entregue logo estes papéis antes que eu mesmo arranque à força – ameaçou Seu Antunes.

– Mas, oxi, não posso. Além do mais, o sinhô também num vai querer que eu entregue não.

– Como é que é? Eu não vou querer?

– Arram.

– E por que diabos eu não iria querer que você devolvesse os papéis do casamento de minha filha? Tu tá me achando com cara de palhaço, seu bastardo?

– Por causa que estes não são os papéis do casamento de sua filha, sô. O documento que ocês assinaram é um contrato de doação de todas as terras da família, permitindo uma ampla e irrestrita exploração de petróleo pela Companhia de Minérios Sá, empresa de propriedade do Deputado.

– Oohh! – espantaram-se, todos.

O Deputado paralisou por um instante. Os convidados ficaram atônitos. Maria Clara cambaleou para trás, mas foi segurada firme por Eduardo.

– O que foi que você disse Zé Doca? – perguntou Maria Clara, soletrando.

– Que maluquice é essa que você tá falando, cabra?

– Hi! Hi! Não ligue pra esse moleque não, Senhor Antunes. Esse caipira num fala coisa com coisa não...

– Não é maluquice sô, é a pura verdade.

– Não vou ficar aqui ouvindo essas asneiras. Petrônio, Potrínio, tragam esse muleque pra cá, que hoje eu vou rifar o couro dele.

– Não, pai. Espere. Deixe ele falar – disse Maria Clara.

DESVENTURAS DE ZÉ DOCA

– Tá doida, amor? Não vê que esse muleque quer estragar nosso casamento. Tá na cara que esse pobretão é louco por você e está disposto a fazer qualquer coisa para nos separar.

– Por favor, apenas deixe ele falar...

– Ah, qual é? Esses nem são os papéis do casamento. Estão todo amassados e sujos. Eca! – continuou Eduardo.

– São sim, eu peguei em cima da mesa.

– Pegou? Quando? Você nem estava presente na hora das assinaturas.

– Pois é, bem, eu. É... É... É que eu tive um furdunço aqui na barriga, aquelas coisa ruim, daí sai pra ir... tipo... é... assim... sabe... . fazer aquelas coisas depois que se tem um desarranjo...

– Cagar! – completou Itamar – Soltar o barro. Tirar o cabeço do fiofó.

– Eca! – gritou alguém da plateia.

– Armaria, Itamar, precisa falar essas coisas?

– Todo mundo aqui caga, deixe de coisa, homi. Prossiga.

– Sim, pois é, aí depois que me aliviei foi que percebi que não tinha nada que eu pudesse usar pra me alimpar. Tive que sair procurando, aí a primeira coisa que encontrei foi esses papéis que estavam ali na mesa – disse ele, apontando o local. – Aí ocês vão até me desculpá, mas no meio do aperrêi a gente num pensa direito né?. Só peguei e me alimpei. Depois que me vesti é que eu fiquei com um peso na consciência, por causa dos papel cheio de letrinha bonitinha, tudo amassado e sujo. Fiquei com medo de ser alguma coisa importante, então fui lá e desamassei tudin. Quando comecei a ler pensei mesmo que era a respeito do casamento, mas depois vi que era um negócio véi esquisito, cheio de termo difícil. Mas, oxi, num entendi tudo não, mas deu pra notar que era uma armação e que aqueles papéis na verdade eram um tipo de contrato e que, com a assinatura de sô Antunes e da sinhazinha Maria Clara, transferia a propriedade destas terras para uma empresa do Deputado, autorizando a explorar petróleo.

As palavras despejadas atingiram o ambiente como uma pesada nuvem de chumbo, se estilhaçando e atingindo a todos mortiferamente. Todos ouviram incrédulos, mas por um breve momento ninguém ousou dizer uma palavra. O primeiro a romper o silêncio foi o velho Antunes, após processar a afirmação de Zé Doca.

– O quê? Co-Co-Contrato de do-doação? – perguntou, gaguejando.

– Sim, sinhô.

– Ele está mentido, meu amigo. – disse o Deputado.

– Petróleo? – indagou Seu Antunes.

– Sim, petróleo. Aquele negócio preto que ser pra um monte de coisa...

– Nunca ouvi tanta bobagem – ironizou o Deputado. – O Senhor mesmo sabe que no Piauí nem tem petróleo.

– Tem sim – arriscou Itamar Petrusco. – Pesquisas confirmaram que o interior do estado possui várias jazidas de petróleo que nunca foram exploradas, capaz de abastecer todo o País.

– Que pesquisa? Nunca vi nada disso? – ironizou o Deputado, novamente.

– A pesquisa é recente. Os resultados ainda não foram publicados.

– E como você sabe disso? Você agora além de padre, também é cientista, por acaso? – questionou o Deputado, ligeiramente perdido.

– Não, mas tive um caso com uma que participava da expedição. Ela até deixou em ver umas amostras. Fiquei foi besta, vôti... coisa de outro mundo... de outro mundo.

Novamente fez-se um silêncio doloroso. Maria Clara deixou escapar algumas lágrimas, que caiam melancolicamente, até espalharem-se pelo chão. Dona Isaura, embora desnorteada, tentava consolar a neta.

– Meu Deus do céu... Isso é verdade?

Ninguém respondeu.

– Por favor, me responda Eduardo?

Eduardo encarou friamente Maria Clara, sem dizer uma palavra.

Seu Antunes cutucou a bengala vezes contra o chão diversas vezes, demonstrando claros sinais de irritação.

– Petrônio, pegue os papéis e traga até mim.

– Mas está sujo, sinhô.

– Ande logo.

Petrônio tampou o nariz com uma das mãos e com a outra recolheu os papéis que estavam com Zé Doca. Os excrementos juntaram-se a sua pele

– Argh! Eca!

– Aproxime-se mais. Levante um pouco os papéis e continue segurando – ordenou Seu Antunes,

O velho rastreou os olhos sobre as três laudas, linha por linha, e, por último, reconheceu sua assinatura como autêntica.

De fato era o documento que acabara de assinar.

De fato, e pela primeira vez em sua existência, Seu Antunes reconheceu que o desafortunado Zé Doca tinha mesmo razão. Aquele documento não atestava o casamento de sua filha, mas sim uma doação irrevogável de todas as suas terras para a empresa do Deputado. A assinatura do velho, junto com o de Maria Clara, que, também enganada, renunciava a sua parte, transferiam a propriedade total da fazenda dos Bavarianos.

Era um golpe muito bem arquitetado.

O público continuava apreensivo. Sabrina, Eduardo e o Deputado demonstraram sinais de extrema preocupação. Agruparam-se com o restante da comitiva, mantendo a defensiva. Araújo estava alerta a qualquer movimento.

Um misto de sensações chacoalhava a cabeça de Maria Clara em um frenesi sem precedentes, de modo que não lhe permitia ordenar as ideias. Com uma velocidade vertiginosa, seus neurônios percorreram o exíguo espaço físico entre o núcleo e a crosta, causando-lhe distúrbios. Estava visivelmente abalada. Tentava engolir o choro, mas não conseguia. Seu Antunes, por outro lado, não acreditava no que acabara de ler. Seu corpo estava trêmulo e seu coração acelerado. Segurava a bengala com rigor, aumentando a pressão exercida de maneira escalonada, até que o objeto rompeu.

– Trick! – fez a bengala.

O velho aprumou o chapéu e ergueu a cabeça, adotando uma postura ereta. Envolveu o Deputado e sua equipe em um olhar de nove graus na escala Richter.

– Vocês... Como foram capazes de fazer isso? – perguntou ele, fervendo.

– Ca-Calma Senhor Antunes, eu posso explicar – falou o Deputado.

– Vocês vêm na nossa casa, se hospedam e comem da nossa comida, e tramam pelas nossas costas roubar tudo que nos pertence?

– O Senhor entendeu mal...

– Mal coisa nenhuma – disse, aproximando-se.

– Então é mesmo verdade pai? – interviu Maria Clara, enxugando algumas lágrimas.

– Sim, filha.

– Meu Deus do céu – disse, tornando a chorar alto.

– Calma, filha.

– Então esse sempre foi seu plano, Eduardo? Fingir que me amava, fazer eu me apaixonar, e me convencer a casar com você para que você pudesse tirar tudo que pertence a minha família? Então, quer dizer que esse casamento foi uma farsa? Eu casei com um monstro... – Maria Clara teve o discurso interrompido por uma sequência de espasmos.

– Maria Clara... – disse Eduardo, contudo, sem conseguir completar a frase.

– Então nós não estamos casados?

Eduardo permaneceu silente.

– Claro que não, menina. De qualquer maneira, eu nem sou padre mesmo – disse ele, livrando-se da batina e demais acessórios eclesiásticos. – Ufa, que alívio tirar isso.

– O quê? – espantaram-se todos.

– Não sou. Ah, mas deixa isso pra lá. Vocês têm um problema maior para resolver aqui, não é?

Seu Antunes concordou, em silêncio.

O Deputado, que adotava uma postura comedida, começou a gargalhar, inexplicavelmente.

– Ha! Ha! Ha! Ha! Ha!

A multidão se aglomerava pelas fileiras próximas ao palco, perplexos. Itamar e Zé Doca apenas observavam, sem qualquer interferência.

– Tá rindo do quê?

– Vocês são mesmo um bando de caipira idiotas. Como puderam cair tão facilmente nessa? Você, Arnaldo Antunes Bavariano, acha mesmo que eu iria casar meu filho, o único herdeiro da família Sá com esta menina matuta sem graça? Ora, seus ingratos, vocês deveriam era nos agradecer por querer tomar essa espelunca de vocês e transformar em algo muito lucrativo.

– Ora seu... disse Seu Antunes, aproximando-se do Deputado, com os punhos cerrados.

Enquanto Seu Antunes se aproximava com seu olhar furioso, Sabrina cochichou algo no ouvido do Deputado, que fez um sinal utilizando dois dedos da mão direita para Araújo. O segurança antecipou-se, empurrou o velho Bavariano evitando que fizesse contato com seu patrão. O Deputado aproveitou-se de um pequeno descuido de Petrônio para tomar-lhe os papéis das mãos e sair em disparada.

– Vamos, corram todos para os helicópteros – gritou o Deputado.

A ordem foi prontamente obedecida. Todos correram freneticamente, em direção ao pátio da mansão, onde as máquinas repousavam. Seu Antunes, em uma reação enérgica, levou a mão à cintura, mas lembrou

DESVENTURAS DE ZÉ DOCA

que não portava uma arma. Aliás, nem ele nem seus subordinados, haja vista que havia acatado pedido de sua própria filha para que ninguém portasse arma durante o casamento, evitando assim algum incidente.

– Filhos de uma égua... Eles estão fugindo, vão atrás deles.

– Sim, senhor – os capangas obedeceram.

Parte da multidão também saiu em disparada, solidarizando-se com a causa dos Bavarianos. Maria Clara estava sentada na primeira fila e continuava a chorar copiosamente. Dona Isaura tentava consolá-la, mas sabia que a missão era impossível. Zé Doca, tomado por uma emoção impetuosa dirigiu-se até a moça. Paulatinamente foi se aproximando, como uma lesma com complexo de inferioridade, até que se agachou, já próximo à moça.

– A sinhazinha tá bem? – perguntou, preocupado.

Maria Clara ergueu sutilmente a cabeça e limitou-se a encarar Zé Doca, aos prantos. Evidentemente a pergunta era deveras mal formulada e a resposta, óbvia. Ela não estava nada bem. Zé Doca se sensibilizou com a cena e quase deixou escapar uma lágrima. Tomou fôlego no olhar puro de sua amada e decidiu que deveria fazer algo. Correu em direção aos demais. Itamar, seu amigo fiel, acompanhou-o.

A trupe do Deputado estava em vantagem. O velho se mostrou um atleta virtuoso para a sua idade. Araújo tentou atrasar os demais, espalhando tudo que via pelo caminho. Petrônio arremessava algumas pedras, com toda a força que dispunha, mas não era o suficiente para alcançar o alvo. Quando finalmente a comitiva atravessou a lateral da mansão, puderam ver os helicópteros.

– Vamos, mais rápido.

Os pilotos tomaram a frente e saltaram para dentro das máquinas, acionando os motores.

Seu Antunes tentou acompanhar mas seu corpo já não lhe obedecia. O cansaço lhe privara os sentidos e lhe embaçara parcialmente a visão.

– Sô-Sô Antu-tu-nes, sô tá be-bem? Preocupou-se Potrínio.

– Não temos tempo pra conversa, vá pegá-los seu imbecil – bradou, esbaforido.

– Si-Sim, sinhô.

– Eles não podem fugir, não podem...

Nesse instante o corpo de Seu Antunes se inclinou, involuntariamente. As pernas já não obedeciam, forçando-o a ajoelhar.

– Patrãozinho! – gritou Evaldo.

– Vão, peguem eles, eu estou bem.

O velho respirava com dificuldades. Levou a mão ao peito, enquanto o suor tomava-lhe o ser. Pouco depois, a sombra de Zé Doca havia lhe alcançado.

– Quer ajuda sô? – perguntou Zé Doca.

– Seu verme, não preciso de sua ajuda. Não fique aí parado, vá atrás desses bandidos.

Zé Doca não obedeceu.

Permaneceu parado, atingindo o velho com a sombra que emanava do seu corpo. Seu Antunes, ainda esbaforido, encarou o rapaz, com um olhar nada amistoso.

Próximo à mansão, Petrônio, o mais rápido dos capangas, havia finalmente alcançado o Deputado, porém quando preparava-se para agarrá-lo recebeu a intervenção de Araújo, que arremessou-lhe ao chão com uma força descomunal. Àquela altura, os motores haviam aquecido as máquinas, liberando a energia necessária para girar as hélices.

– Venham! Entrem logo – gritou o piloto de uma das máquinas.

A comitiva entrou, um por um, ocupando os dois helicópteros. Sabrina, com auxílio de Eduardo, conseguiu tomar posição, já esgotada.

– Vamos deputado, entre. Depressa – disse Araújo.

O Deputado era o mais lento da equipe e quando finalmente alcançou a máquina, Araújo puxou-lhe para dentro. O velho ocupou a poltrona lateral, bastante ofegante.

– Nãooooo! Gritou Seu Antunes.

As máquinas ganharam força. As hélices giravam a toda velocidade. Os helicópteros, lentamente, deixavam o solo, ganhando altitude.

– Ah! Ah! Ah! Ah! Seus idiotas. Ah! Ah! Ah! Ah! Todas estas terras agora são minhas. Este documento me torna o único e verdadeiro proprietário de tudo que um dia já foi dos Bavarianos. Em breve voltarei com minha equipe para retirá-los da minha propriedade, à força, seus caipiras insignificantes – gritou o Deputado, bastante sorridente, segurando com a mão esquerda o contrato.

A gargalhada do Deputado era de uma vibração colossal. O barulho era mais demoníaco e ensurdecedor que aquele formado pelas hélices das máquinas, e só foi barrado por um outro barulho, menos demoníaco e ensurdecedor, mas capaz de alterar todo o rumo da trama.

DESVENTURAS DE ZÉ DOCA

– Boomp! – fez o barulho.

O barulho foi causado por uma pedra, que atingira em cheio os papéis, arremessando-lhes metros à frente, até pousar no jardim da mansão. Petrônio e todos que ainda corriam tentando evitar o pior frearam bruscamente e tentaram identificar de onde surgiu aquilo.

A pedra fora lançada por uma baladeira que, por algum motivo, Zé Doca trazia no bolso da calça.

– O quê? Desgraçado. Não pode ser – berrou o Deputado.

Todos encaravam Zé Doca, que manteve, mais uma vez, um semblante firme.

O Deputado acompanhou com os olhos a direção tomada pelos papéis. Meditou rapidamente sobre a possibilidade de pular do helicóptero para buscá-los, mas o objeto já alcançava uma altitude considerável.

– Maldição! Desçam o helicóptero. Preciso destes papéis.

O piloto ficou confuso.

– Senhor, não podemos voltar.

– Claro que podemos, imbecil. Se não voltarmos perderei tudo pelo que lutei, toda o poder que finalmente conseguiria alcançar.

– Mas se voltarmos, perderemos nossas vidas – disse Eduardo, cabisbaixo.

– Não! Não! Mil vezes não!

Araújo teve que conter o Deputado, que ameaçava saltar terra abaixo. Ele não aceitava a ideia de que seu plano de se tornar a família mais rica e poderosa de todo o estado tivesse falhado, ainda mais por intervenção de um ser tão mesquinho e insignificante como Zé Doca.

Contudo, quer ele concordasse ou não, foi exatamente isso que aconteceu.

– Seus desgraçados! Bando de matutos infelizes. Eu voltarei. Essas terras ainda serão minhas! – gritava o Deputado, de uma altura que já não era mais possível escutar bem.

E assim os objetos e a sua indesejada tripulação seguiram viagem, vigiados pelos olhares indesejados da família Bavariano e de todo o povo aquipertense.

Após os objetos sumirem de vista, todos tornaram a encarar Zé Doca. O rapaz, ainda com o estilingue na mão, recebeu um carinhoso tapa no ombro, dado por Itamar, como em sinal de reconhecimento por ter feito um bom trabalho. Seu Antunes, após recuperar o fôlego, levantou-se, com certa dificuldade, vez que não dispunha da bengala para auxiliá-lo. sacudiu a poeira que lhe pintava o terno e aprumou o chapéu, sem tirar os olhos de Zé Doca.

Os dois se entreolharam por um instante.

E por mais alguns instantes, até ficar severamente enfadonho.

O olhar de Seu Antunes parecia querer expressar a profunda gratidão que ele tinha para com o jovem, que acabou de lhe salvar de um golpe muito bem elaborado, que, se concluído, deixaria ele e toda sua família na mais profunda miséria. Seu olhar parecia querer dizer obrigado.

Parecia, mas não disse.

— A festa acabou, vão todos para suas casas — limitou-se a falar, caminhando em direção à mansão.

— Ahhhh! — entristeceu-se, o público.

— Não, a festa não acabou — disse uma voz.

Era Maria Clara, que finalmente conseguira reunir forças para se levantar e romper o choro que lhe engasgava o ser. Ela aproximou-se em passos delicados, parando próximo a Zé Doca, que virou-se, para encará-la. O rapaz estava trêmulo, totalmente desconcertado e deixou o estilingue cair, sem perceber. Maria Clara aproximou-se mais, decididamente, de modo que nem o mau cheiro que exalava do desafortunado rapaz parecia lhe incomodar e beijou-lhe a face. Seus lábios tinham a leveza de um anjo e contagiaram Zé Doca completamente, anestesiando-o.

Naquele instante, o pobretão, malfadado e inditoso Zé Doca sentiu-se a pessoa mais feliz do mundo. E talvez, por o mesmo breve período de tempo que durou aquele beijo, de fato, ele fosse.

— A festa continua — declarou Maria Clara

— Êba, comida! — animaram-se os convidados.

⊙ editoraletramento	🌐 editoraletramento.com.br	
(f) editoraletramento	(in) company/grupoeditorialletramento	
(🐦) grupoletramento	✉ contato@editoraletramento.com.br	
🌐 casadodireito.com	(f) casadodireitoed	⊙ casadodireito

Grupo
Editorial
LETRAMENTO